JN247438

The stories of the Kosoado woods.

11

水の精とふしぎなカヌー

岡田 淳

理論社

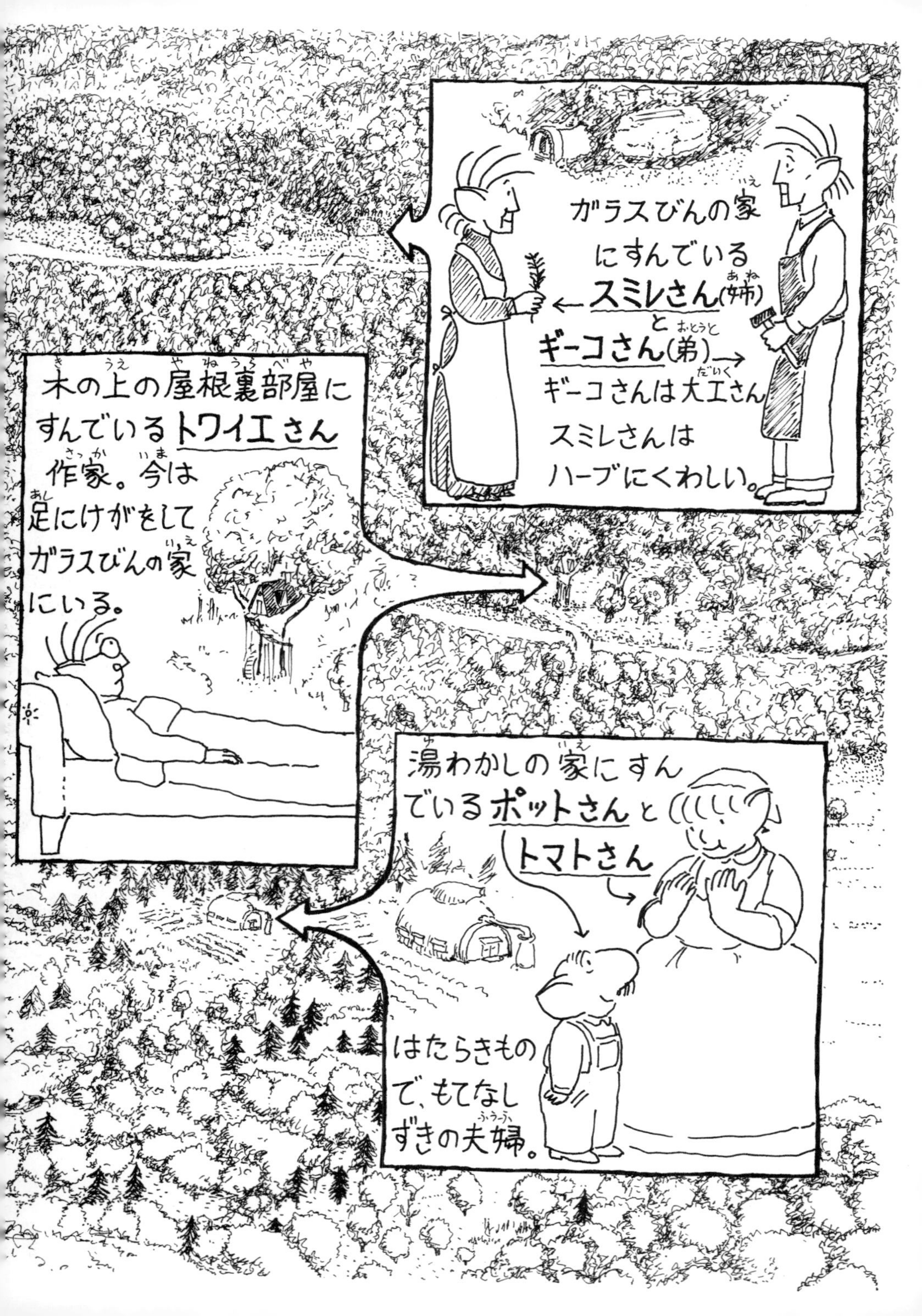
ガラスびんの家《いえ》
にすんでいる
スミレさん(姉《あね》)
と
ギーコさん(弟《おとうと》)
ギーコさんは大工《だいく》さん
スミレさんは
ハーブにくわしい。
木《き》の上《うえ》の屋根裏部屋《やねうらべや》に
すんでいるトワイエさん
作家《さっか》。今《いま》は
足《あし》にけがをして
ガラスびんの家《いえ》
にいる。
湯《ゆ》わかしの家《いえ》にすん
でいるポットさんと
トマトさん
はたらきもの
で、もてなし
ずきの夫婦《ふうふ》。

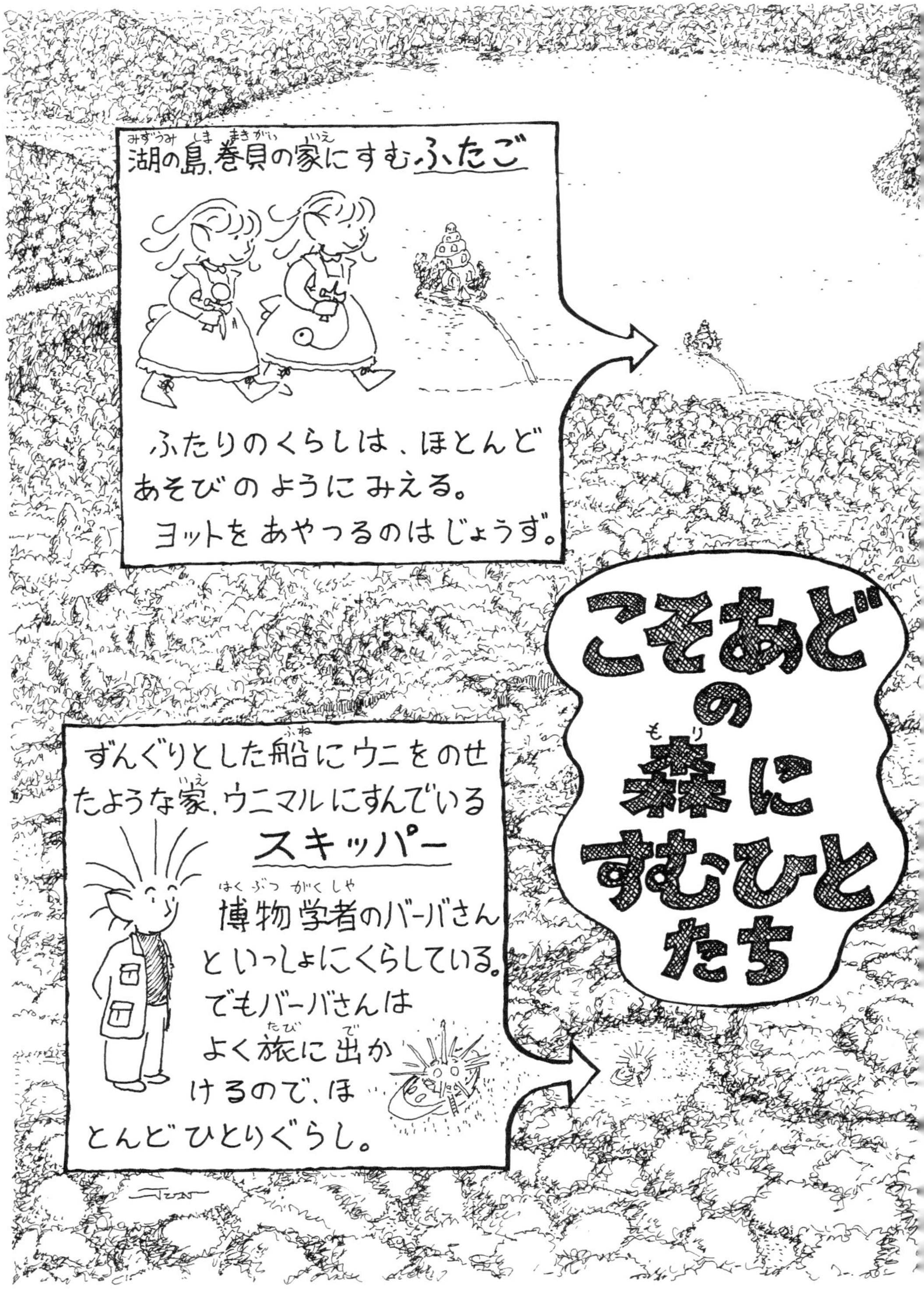

こそあどの森《もり》にすむひとたち
湖《みずうみ》の島《しま》、巻貝《まきがい》の家《いえ》にすむふたご
ふたりのくらしは、ほとんどあそびのようにみえる。ヨットをあやつるのはじょうず。
ずんぐりとした船《ふね》にウニをのせたような家《いえ》、ウニマルにすんでいる
スキッパー
博物学者《はくぶつがくしゃ》のバーバさんといっしょにくらしている。でもバーバさんはよく旅《たび》に出《で》かけるので、ほとんどひとりぐらし。

もくじ

トワイエさんがガラスびんの家《いえ》にいるあいだにあった、ふたつの話《はなし》

ふたつめの話　ふしぎなカヌー

絵◎岡田 淳

ひとつめの話

トリオトコのワルツ

1　トワイエさんとスミレさんのお茶の時間

こそあどの森の湖《みずうみ》には、二本の川が流《なが》れこんでいます。北の川と、東の川です。北の川をすこしさかのぼると、ガラスびんの家があります。スミレさんとギーコさんが暮《く》らす家です。ふたりは姉と弟で、ギーコさんは大工《だいく》をしています。

ガラスびんの家は、すぐうしろの小高《こだか》い丘《おか》に半分ほどうずまっています。うずまっていないところが大きな窓《まど》です。窓《まど》にはツタがはりついていて、夏にはしげった葉《は》がかげをつくってくれます。いまは春になったところですから、ちいさな若《わか》い葉《は》を出したばかり、晴れた日なら、朝から夕方まであたたかい陽《ひ》の光が、部屋《へや》のなかにはいってきます。

このところ、ガラスびんの家には、トワイエさんも暮《く》らしていました。トワイエさんには自分の家があります。大きな木の上にある屋根裏部屋《やねうらべや》が、トワイエさんの家です。けれどトワイエさんは足にけがをして歩けなくなったので、すこしのあいだ、ここですごさせてもらうことになったのです。

それはトワイエさんにはありがたいことでした。スミレさんはくじいた足の湿布《しっぷ》につかう薬草《やくそう》や、気持《きも》ちをやわらげるハーブティーなどに、くわしかったからです。

トワイエさんの足は日ごとによくなっていきました。

朝食《ちょうしょく》がおわって、ギーコさんが作業小屋《さぎょうごや》へ出かけ、スミレさんが家まわりの仕事《しごと》にひとくぎりをつけたころ、ガラスびんの家では、お茶の時間になります。

トワイエさんはベッドの上に起《お》きあがって、お茶を飲《の》みながら、スミレさんとあれこれお話しします。話題《わだい》はさまざまです。ひとつの話からべつの話へとうつっていくこともよくあります。

ある日は、スミレさんのレース編《あ》みのことをトワイエさんがたずねる、というところからはじまりました。

「三日前《みっかまえ》にやっていた、レース編《あ》みは、その、もうできあがったんですか?」

スミレさんはかるくまゆをあげました。

「あれはおいてあるの」

「おいてある？」

「ええ、そこからさきをどうすすめるか、わからなくなって……。

トワイエさんだって、物語《ものがたり》をつくるときに、そういうことがあるんじゃない？」

トワイエさんは作家《さっか》なのです。

「いや、もう、それは、ありすぎるほどありますよ。

そう、鳥男の話だって……」

「トリオトコ？」

「空を飛《と》ぶ鳥のトリと、男、女の、オトコ」

「ああ、鳥男。どんなお話？」

「どういうわけか、飛《と》べる男がいるんです」

「まあ、すてき」

「ええ、すてきなんですが、スミレさんみたいに『すてき』っていってくれるひとばかりじゃなくて、ぎゃくに、飛《と》べることで、んん、まわりのひととうまくいかなくなって、そう、男は旅《たび》に出るんです。そして、だれか、わかりあえるひとに、その、出会うはずなんですが……」

「そこでゆきづまっているわけ？」

「そうなんです。どんなひとに出会うのか、うまく思いつけない……」

「ふうん……」

「で、おいてある、というわけです」

スミレさんはハーブティーをひとくち

飲《の》んでから、いいました。

「でも、鳥男なんて、よく思いつくわね」

「あ、それは、その、モデルがいたんです」

「まあ、そのひと、ほんとうに飛《と》べるの？」

「いえいえ」トワイエさんは笑《わら》って、手をふりました。「その反対《はんたい》」

「反対《はんたい》？」

「ええ、街《まち》へ行ったときに、広場で見た大道芸人《だいどうげいにん》なんです。

おじさん、に見えたんですが、もっと若《わか》いひとだったかもしれません。ひとりで手品《てじな》をして、おしゃべりをする、んん、コメディアン、喜劇役者《きげきやくしゃ》ですね。

ええっと、はじめに見かけたときは、だれかと踊《おど》っていると思いました。でもひとりでした。女のひとに見立《みた》てた布《ぬの》を相手《あいて》に踊《おど》っているんです。ワルツ。これがけっこうじょうずで、そう、布《ぬの》がほんものの女のひとに見えてくる。

手前には、観客《かんきゃく》がお金をいれられるように、うん、ふたをあけたトランクがおいてあって、そのふたのうちがわに、ええ、トリオトコって書いてある。ひとが集《あつ》まると、じつは自分は鳥だ。飛《と》べるっていいだす。ここからが、まあ、本番なんですね。で、手をふると、ぱっと腕《うで》に翼《つばさ》がつく。どこから出してきて、どうやってつけたか、その、わからないんですが、ぱっとつく。その翼《つばさ》ではばたく。でも、飛《と》べません。そこで、翼《つばさ》にごみがついていたとか、靴《くつ》のひもがゆるんでいたとか、そのせいで飛《と》べなかったとあれこれいいわけをして、笑《わら》わせてくれる。そうそう、これをわすれていたなんていって、ぱっとくちばしをつけたりもする。でも飛《と》べない。で、またまたいいわけをする——。

そんな芸《げい》なんです」

スミレさんは興味《きょうみ》ぶかそうにうなずきました。

「でも、トワイエさんの鳥男は、飛《と》べる」

「そ、そうなんです。広場で芸《げい》をしていたトリオトコさんを見て、もしもほんとうに飛《と》べたらと、ええ、考えたんです」

そんな話をしたせいでしょうか、トワイエさんはそのあと、トリオトコの夢《ゆめ》を見ました。

そして、そのことを、つぎの日のお茶の時間に話しました。

「森で、トリオトコさんに出会う夢《ゆめ》を見ましたよ」

トワイエさんがそういうと、スミレさんは「まあ」と、身《み》をのりだしました。

「飛《と》べる鳥男さん？　それとも、飛《と》べないトリオトコさん？」

「飛《と》べないほう、モデルになった大道芸人《だいどうげいにん》のほうです。

——どうしてこんなところに……？

と、ぼくがたずねると、

——はるばる飛《と》んできたんだよ。いや、つかれたなあ。

って、いうんです。

またあんなことをいってる、ってぼくは思いました。すると、

——ははん、うそだって思ってるな。飛《と》べないって思ってるだろ。ぼく、ほんとは飛《と》べるんだぜ。見てろよ。

手をふって、ぱっと腕《うで》に翼《つばさ》をつける。で、やめておけばいいのに、はばたくんです。ええ、もちろん、そう、飛《と》べません。

——あれ？　おかしいな。おっと、くちばしをつけるのをわすれていたよ。ぱっとくちばし。はばたく。飛《と》べない。

——へんだな。ははあ、わかったぞ。トワイエさんたら、ぼくが飛《と》べないように呪《のろ》いをかけたね。よし、その呪《のろ》いをとくまじないを……。

夢《ゆめ》のなかでも、おなじことをやっているんです。ええ」

「おもしろい夢《ゆめ》だこと」

スミレさんはくすりと笑《わら》いました。

「でも、そんな夢《ゆめ》を見るってことは、自分をモデルにしたお話をはやくつくってくれって、トリオトコさんがいっているんじゃないかしら」

「ああ、そうかもしれませんね。いや、ぼくもですね、足をけがしたおかげで、こうして、いままでとちがう、その、暮《く》らしかたをさせてもらっているでしょう？　新しい暮《く》らしのなかで、新しいことを思いつけるんじゃないかって、ええ、期待《きたい》しているんですよ」

「そうなればいいわね」

トワイエさんは、ずっと横《よこ》になっているので、たいくつなのです。午後にはだれかがお見舞《みま》いにきてくれたりもしますが、午前中はスミレさんとのお茶の時間だけがたのしみです。そういうわけで、つい、おしゃべりになってしまうのでした。

でも、スミレさんとのおしゃべりで、しばらくわすれていた『鳥男』の話を、思い出せました。

――『鳥男』の話、もういちど考えてみようかな。

と、トワイエさんは思いました。

2　スキッパーは屋根裏部屋《やねうらべや》の家に行く

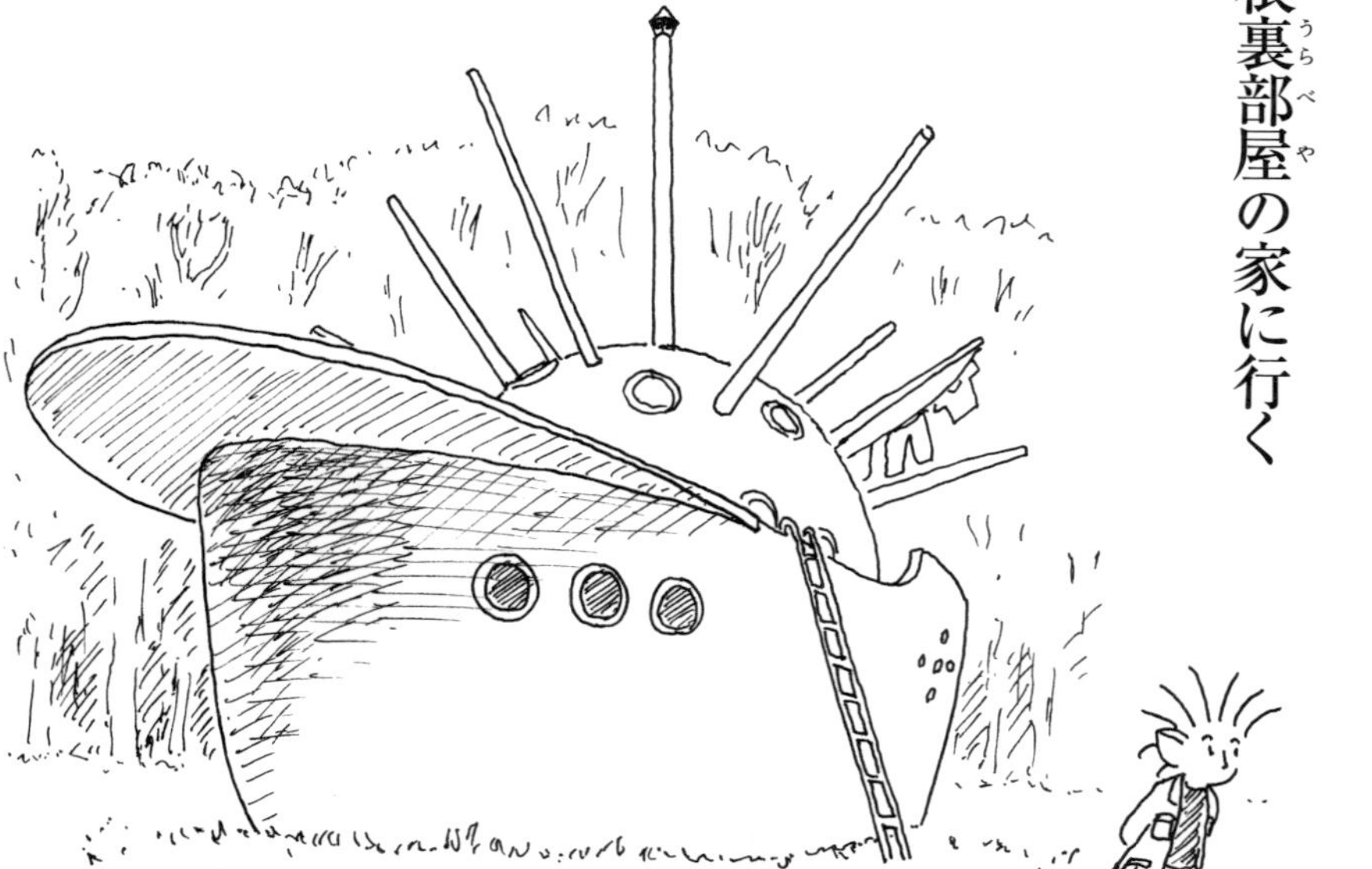

こそあどの森に、ウニマルと呼《よ》ばれている家があります。ずんぐりした船にトゲのあるウニでものせたような形をしているので、そう呼《よ》ばれるようになりました。

そこに住《す》んでいる男の子が、スキッパーです。

博物学者《はくぶつがくしゃ》のバーバさんといっしょに住《す》んでいるのですが、バーバさんはしょっちゅう旅《たび》に出かけるので、スキッパーはひとり暮《ぐ》らしになれています。

この、トワイエさんがガラスびんの家におせわになっているあいだも、バーバさんは、ずっと旅《たび》に出ていました。

ウニマルは、ガラスびんの家から、森の小道を三十分ほど歩いたところにあります。三十分もかかりますが、スキッパーは、二日《ふつか》に一度《いちど》は、ガラスびんの家のトワイエさんを、お見舞《みま》いに行くことにしていました。

お見舞《みま》いに行くたびに、スキッパーは

「なにか用事《ようじ》はありませんか？」

とたずねます。歩けないトワイエさんのかわりに、トワイエさんの家へ行って、なにかしてあげられないかと考えているからです。

たとえば、読みたい本をとってくるとか、植木鉢《うえきばち》の花に水をやるとか、着《き》がえをとりに行くとか、そういう用事《ようじ》です。なにしろトワイエさんは外出先《がいしゅつさき》で足を痛《いた》め、そのままガラスびんの家に運《はこ》びこまれたのですから。

スキッパーがトワイエさんの家によるのは、たいした仕事《しごと》ではありません。ウニマルからガラスびんの家に行くとき、その前を通《とお》るのです。大きな木の上にのっかった屋根裏部屋《やねうらべや》がそうです。

けれど、

「なにか用事《ようじ》はありませんか?」

と、スキッパーがたずねたときのトワイエさんのこたえは、いつもおなじでした。

「ああ、ありがとう、スキッパー。でも、きょうは、なにもありません」

足が痛《いた》くて、本を読む気分にはなれなかったのです。それに植木鉢《うえきばち》に花などそだてていませんでした。着《き》がえについては、とりに行く必要《ひつよう》がありませんでした。

というのは、トワイエさんは自分の家ができるまでは、ガラスびんの家に下宿《げしゅく》していたのです。屋根裏部屋《やねうらべや》の家にひっこすときに、いちばんはじめに運《はこ》びこんだのは本です。これがずいぶんたくさんありました。つぎに、机《つくえ》といす。そして寝《ね》たり食べたりするのに必要《ひつよう》なものを運《はこ》びいれると、まだ荷物《にもつ》はあるのに、部屋《へや》がいっぱいになってしまったのです。

頭をかかえてしまったトワイエさんに、スミレさんとギーコさんはいいました。

——うちにおいておけばいいじゃない。

そこで、あとの荷物《にもつ》は、トワイエさんが借《か》りていた部屋《へや》に残《のこ》させてもらうことにしました。ですから、よぶんの着《き》がえはガラスびんの家にあったのです。

スキッパーがたずねるたびに、

「きょうは、なにもありません」

と、おなじ返事《へんじ》がもどってくるので、用事《ようじ》をたずねるのが、なんだか、まがぬけているようにスキッパーには思えてきます。

「なにか用事《ようじ》はありませんか？」

という声もだんだんちいさくなり、もういわないようにしようかな、と考えはじめていました。

ところが、きょうになってとつぜん、

「つぎにここにくるときに、ノートをですね、とってきてもらえないでしょうか」

と、トワイエさんがいってくれたのです。

「はい！」

思わず大きな声で返事《へんじ》をしてしまいました。

むこうで本を読んでいたスミレさんがふりかえったのが、目のはしに見えました。スキッパーは、自分のほおが赤くなるのがわかりました。

トワイエさんはほほえんで、つづけました。

「いや、もう、じっとしていると、ほぼ、痛《いた》まないんです。ですから、そろそろ仕事《しごと》のことを、ええ、考えようと、思いましてね」

そしてベッドのわきの手帳《てちょう》を指《ゆび》さしていいました。

「この手帳《てちょう》は、思いついたことを、その、わすれないように、んん、書きとめるというか、まあ、メモをするわけですね」

トワイエさんはいつだって、手帳《てちょう》と鉛筆《えんぴつ》を持《も》ち歩《ある》いています。足を痛《いた》めたときにもそれはポケットにはいっていました。ですから、ガラスびんの家でも、ベッドのわきにちゃんとおいてあります。

「で、それをもうすこしくわしくまとめるというのが、その、とってきてもらいたいノートなんです。

屋根裏部屋《やねうらべや》の、机《つくえ》の上にひろげておいてあります。というのは、ええっと、そのノートで考えをまとめようとしていて、うまくいかなくなって、そう、ぼくは散歩《さんぽ》に出かけたんです。で、そのあと、けがをして、ここにいる、と。ですから、部屋《へや》はずっとそのままなんです。もちろん、ドアにかぎなんて、ええ、かかっていません。えんりょなく、はいってください」

つぎの日、スキッパーはすこしどきどきしながら、屋根裏部屋《やねうらべや》の家につづくらせん階段《かいだん》をのぼりました。

ここには、何度《なんど》も来たことがあります。でも、トワイエさんのいないときに来るのは、はじめてです。

「あれ？　葉《は》っぱが、たくさん落《お》ちてるな……」

スキッパーは声に出してつぶやきました。階段《かいだん》のあちこちに、落《お》ち葉《ば》が何《なん》枚《まい》もはりついていたのです。遠くから、風にのって飛《と》んできたのでしょう。

「こんど、そうじしてあげよう」
と、もういちどつぶやいて、スキッパーは階段《かいだん》をのぼっていきました。

ドアをあけ、部屋《へや》にはいりました。

すこしふしぎな気分になりました。

トワイエさんのいったとおり、いまのいままでこの部屋《へや》にトワイエさんがいたようなちらかりかたです。ベッドの上に上着《うわぎ》が投《な》げ出《だ》されたまま、いすは立ちあがったときに引かれたまま、机《つくえ》の上の本は開《ひら》いたままです。けれど、何日もだれにもつかわれていない、という気配《けはい》もどこかにありました。しんとひえた空気が動《うご》いていないからでしょうか。それとも、トワイエさんがもどっていないことを、スキッパーが知っているからそう思うのでしょうか。

ノートはすぐに見つかりました。トワイエさんのいったとおり、机《つくえ》の上に広げてあります。なにが書かれているのか、興味《きょうみ》はありましたが、そのままノートを閉《と》じ、手にとると、部屋《へや》を出ました。

ガラスびんの家に持《も》っていくと、トワイエさんはとてもよろこんでくれました。スキッパーも満足《まんぞく》でした。ここにお見舞《みま》いにくるようになって、はじめて、ちゃんとした理由《りゆう》でやってきたような気分でした。

いままではお見舞《みま》いにきても、話すこともあまりなく、すこしいごこちがわるかったのです。それで、一日おきにくることにしていました。でも用事《ようじ》があるとなれば、毎日だってよろこんでやってくるつもりです。

「こんなノートなんですよ」

トワイエさんはぱらぱらとめくって、ノートのなかみを、スキッパーに見せてくれました。

こまかい字がいっぱい書かれています。ひとつの文字《もじ》のかたまりから線がひかれて、べつの文字《もじ》のかたまりにつながっているところもあれば、せっかく書かれたものが二本線で消《け》されたところもあり、なにかの表《ひょう》もあります。

「あ、絵がある」

まさか絵があるとは思っていなかったので、スキッパーは思わずつぶやきました。

「ああ、それ……」

トワイエさんははずかしそうに笑《わら》って、そのページをあけてくれました。そしてすこし首をかたむけ、

「また、トリオトコさんが出てきたぞ」

と、つぶやきました。え？　とスキッパーがまゆをあげると、いえいえ、と首をふって、

「前に、鳥男の話をしませんでしたか？」

と、たずねました。

トワイエさんは、考えている物語《ものがたり》を、ときどきスキッパーに話してくれます。物語《ものがたり》がゆきづまっているときなど、話していて、あたらしいアイデアを

思いつくこともあるのだそうです。

「あ、はい……。飛《と》べるひとが、旅《たび》に出る話……」

「そうそう、その話。その鳥男を思いつくもとになったひと、モデルになったのが、その絵のひとなんです」

「へえ……」

「そのひとを思い出して描《か》いたんです。あまりうまく描《か》けていませんが」

すこし太めの男のひとが、ペンとインクで描《えが》かれています。布《ぬの》を相手《あいて》に踊《おど》っているところのようです。

その日はノートに書いてあることで、話がはずみました。

スキッパーがそろそろ「なにか用事《ようじ》は」とたずねようか、と思ったときに、トワイエさんのほうからいいました。

「ああ、きのう、あのあと思いついたんです。もし、よければ、つぎにくるときに、家によって、本を一冊《いっさつ》とってきてくれませんか」

スキッパーはもちろん、うなずきました。
「はい。あした、持《も》ってきます」
役《やく》にたつのがうれしかったのです。
「その本は、んん、机《つくえ》と暖炉《だんろ》のあいだの本棚《ほんだな》で、ぼくの胸《むね》の高さぐらいのところに、ええ、あるんです。『サーカスの暮《く》らし』という本です」

そのつぎの日、『サーカスの暮《く》らし』をとりに、屋根裏部屋《やねうらべや》の家によったときのことです。

スキッパーは階段《かいだん》の一段目《いちだんめ》に足をかけるときにつまずいて、三段目《さんだんめ》に手をつきました。いや、つまずくというよりは、思わず足を引いてしまったのです。

――なにか、蹴《け》った……？

階段《かいだん》ではなく、もっと軽《かる》く、やわらかいなにか……？　でも、そんなもの

は見あたりません。じゃあ、なににつまずいたんだろう……。考えてもわかりません。

スキッパーは首をふりふり、階段《かいだん》をのぼりました。こんどは一段一段《いちだんいちだん》、気をつけて足を運《はこ》びました。

その足が、とちゅうで止まりました。「なにかちがう」と思ったのです。

なにがちがうのかわかりません。

なにがちがうかわからないというのは、おちつかない気分です。このまま階段《かいだん》をのぼってしまったら、そのなにかちがう、というもやもやしたものが消《き》えてしまうような気がします。

その段《だん》に腰《こし》をおろして、よくよく考えてみようと思いました。でも、そう思ったとたん、なにがちがうかわかりました。

階段《かいだん》には、落《お》ち葉《ば》が一枚《いちまい》もなかったのです。

なぜなくなったのだろう、と考えました。落《お》ち葉《ば》は、いくつもの段《だん》に何枚《なんまい》

もはりついていました。きのうからきょうにかけて、強い風がふいたように
も思えません。では、だれかがそうじしたのでしょうか。
スキッパーのほかに屋根裏部屋《やねうらべや》の家の前を通《とお》るのは、ポットさんかトマト
さんです。トマトさんは階段《かいだん》をのぼるのは好《す》きではありません。とすれば
……。
「ああ、きっと、ポットさんがそうじしたんだ」
と、スキッパーはつぶやきました。
そのとき、足もとで声が聞こえたような気がして、びくっとしました。
「わ……」といったように聞こえました。まわりを見ましたが、もちろんだれの姿《すがた》もありません。
気のせいだったのだろうと、スキッパーは、階段《かいだん》をのぼっていきました。

3

アサヒの泉《いずみ》にアサヒが生まれた

十五年も前のことです。

トワイエさんはそのころから作家《さっか》でした。一冊《いっさつ》か二冊《にさつ》、本も出していました。そして、遠くの街《まち》に住んでいました。

そのときも、ある物語《ものがたり》を書こうとしていたのですが、どうもうまくすすみません。場所《ばしょ》を変《か》えれば気分も変《か》わって、書けるかもしれない。そう考えて、旅《たび》に出ました。

リュックサックを背負《せお》ったトワイエさんは、こそあどの森にやってきて、ひと目で気《き》に入《い》りました。ここでならすばらしい作品《さくひん》が書けそうだ、ここでひと夏をすごしたい、と思いました。

ちょうど目についたのがガラスびんの家です。

この家に泊《と》めてもらうわけにはいかないだろうか、と思いました。思ってから、それはあまりにもぶしつけで、とつぜんな話だ、と思えてきました。だれかの紹介《しょうかい》があるわけでも、部屋《へや》を貸《か》します、と張《は》り紙《がみ》があるわけでもないのです。

そう考えるとドアをたたく勇気《ゆうき》もなくなり、しばらく突《つ》っ立《た》っていたのですが、あきらめようと思ったときに、ドアが開《ひら》き、男のひとと女のひとが出てきました。ギーコさんとスミレさんです。

しどろもどろに話すトワイエさんに、スミレさんがいいました。

「もしよろしければ、ひと部屋《へや》あいていますよ」

ギーコさんもうなずきました。

「姉《ねえ》さんがよければ」

というわけで、トワイエさんはガラスびんの家に下宿《げしゅく》することになったのです。

この森で暮《く》らしはじめると、とても仕事《しごと》がすすみました。うそのように物語《ものがたり》ができあがっていきました。こそあどの森がいよいよ好《す》きになってきます。

ずっとここにいたいなあ、とトワイエさんが思いはじめた夏のおわりに、すごい嵐《あらし》がありました。

嵐《あらし》のあと、ガラスびんの家と湯《ゆ》わかしの家のちょうどまんなかあたりの大きな木に、どこから飛《と》んできたのか、屋根裏部屋《やねうらべや》がひっかかっていたのです。湯《ゆ》わかしの家というのは、なかのいい夫婦《ふうふ》、ポットさんとトマトさんが住んでいる家です。

トワイエさんは、木の上にひっかかった屋根裏部屋《やねうらべや》を見て、さけびました。

「ぼくは、その、ずっと、こういう屋根裏部屋《やねうらべや》に住みたいって、そう、願《ねが》っていたんです！」

スミレさんがうなずきました。

「その願《ねが》いがかなうわね」

幸運《こううん》なことに、ギーコさんは腕《うで》のいい大工《だいく》さんでした。ポットさんも大工《だいく》仕事《しごと》はとくいです。トワイエさんは、そういう仕事《しごと》はあまりとくいではあり

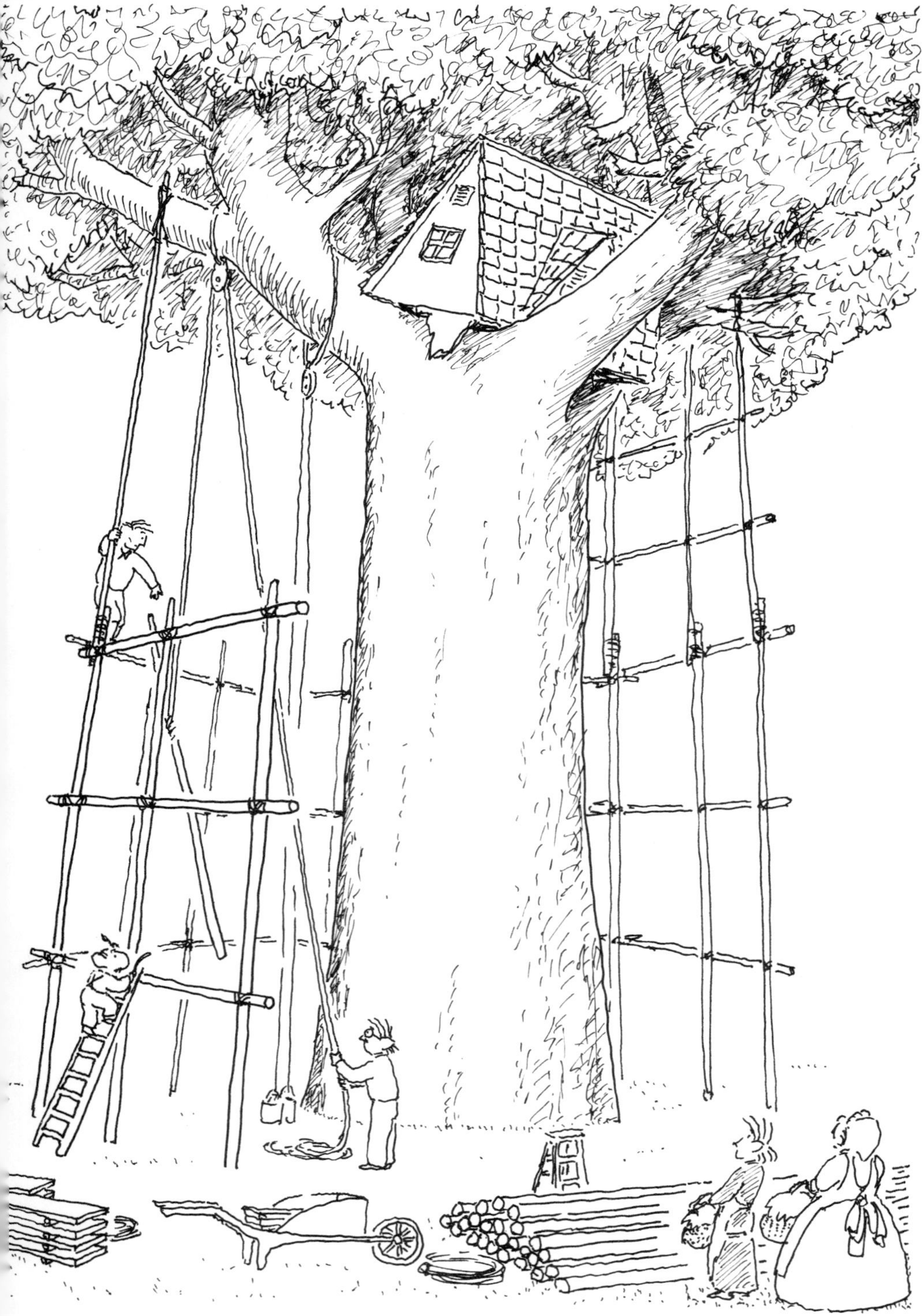

ません。自分が木を切ったり釘《くぎ》を打《う》ちつけたりしないほうがいい仕上《しあ》がりになると思いました。そこで、トワイエさんはふたりの助手《じょしゅ》をすることにしました。

木のまわりにらせん階段《かいだん》をつくり、部屋《へや》のかたむきをなおし、つぎの大嵐《おおあらし》がきても部屋《へや》が飛《と》んでいかないようにし、暖炉《だんろ》をつけました。そしてとうとう、トワイエさんが住《す》める屋根裏部屋《やねうらべや》の家ができあがりました。

すこしはなれたところに、ギーコさんが泉《いずみ》を見つけてくれました。そのまま飲《の》めるきれいな水です。ギーコさんは湧《わ》き出《で》ている水のまわりを掘《ほ》り広《ひろ》げ、きちんと石をしきつめ、湧《わ》き出《で》た水が川に流《なが》れこむ水路《すいろ》をつけてくれました。

それはちょうどその東側《ひがしがわ》に背《せ》の高い木がない場所《ばしょ》だったので、いつも朝日がさしこむところでした。朝、歯《は》をみがくのにこれほどすてきな場所《ばしょ》はありません。トワイエさんはこの泉《いずみ》を「アサヒの泉《いずみ》」と呼《よ》ぶことにしました。

そのときトワイエさんは知らなかったのです。
川や湖《みずうみ》、入《い》り江《え》など、水のある場所《ばしょ》にだれかが名前をつけると、そこに水の精《せい》が生まれる——ということを。
そうです。そのときアサヒの泉《いずみ》に、水の精《せい》が生まれました。
アサヒという名前です。

アサヒは水のなかのものには姿《すがた》を見せていますが、水のそとでは姿《すがた》を消《け》しています。姿《すがた》を消《け》せるだけでなく、からだの大きさを変《か》えることもできます。ちいさくなるのはとくいです。ほとんど形がないくらいちいさくなれます。そのくらいちいさくなると、ねむっているだれかの夢《ゆめ》のなかにはいりこむことだってできます。

いままでに、夢《ゆめ》の世界《せかい》にはいったのは、すぐ近くにはえているカツラの木と、花をとじたタンポポ、川辺《かわべ》の土のなかで冬眠《とうみん》しているトノサマガエル、泉《いずみ》の横《よこ》でねむりこんでしまったキツネなどです。自分の知らない世界《せかい》を見るのはわくわくしました。もっともキツネは、そのときはなんだかひどいめにあったあとのようで、とても混乱《こんらん》した夢《ゆめ》でしたけれど。

アサヒは泉《いずみ》からはなれることができません。自分の泉《いずみ》の水がないところには行けないのです。

でも、トワイエさんの屋根裏部屋《やねうらべや》になら、いままでに何度《なんど》か、行ったことがあります。屋根裏部屋《やねうらべや》には、トワイエさんが、アサヒの泉《いずみ》からくんだ水を、ポットや鍋《なべ》にいれて持《も》っていくからです。

いったいトワイエさんはどんなことをしているのだろうと、姿《すがた》を消《け》して、子ウサギほどの大きさになって、のぞきに行きました。身《み》が軽《かる》いので、屋根《やね》裏部屋《うらべや》にのぼるらせん階段《かいだん》など、三段《さんだん》とばしにかけあがることだってできます。また、ドアがしまっていても、からだをちいさくすれば、わずかなすきまからもぐりこむこともできるのです。

トワイエさんは、ノートを広げて、鉛筆《えんぴつ》をにぎりしめ、うんうん、うなっていました。べつのときは、なにか文字《もじ》を書きながら、ひとりでふふっと笑《わら》っていました。夜おそくに、ランプにあかりをつけて、本を読んでいることもありました。

トワイエさんのほうが泉《いずみ》にやってくるのは、朝です。顔を洗《あら》ったり、歯《は》をみがいたりします。

「トワイエさん、おはよう、トワイエさん、おはよう」

と、アサヒは湧《わ》きあがる水にまぎれていいます。

「おや？　いま、まるで、『トワイエさん、おはよう』っていったように聞こえましたよ」

と、トワイエさんが泉《いずみ》を見つめるので、アサヒはあわてて口をおさえて、くくっと笑《わら》います。

「ああ、こんどは笑《わら》っているみたいだ」

トワイエさんも笑《わら》います。

トワイエさんはひとりで部屋《へや》にいるときも、泉《いずみ》のそばにいるときも、よくひとりごとをいいます。ですから、トワイエさんが作家《さっか》で、ときどき仕事《しごと》がうまくいかないことも、アサヒは知っています。この森がこそあどの森と呼《よ》ばれていて、何人かのヒトが住んでいることも、知っています。

でも、どんなヒトがどこに住んでいるのか、ということは、あまりよく知りません。トワイエさんのひとりごとに出てきても、そのヒトが近くにやってきても、あまり気にすることはありませんでした。

4 アサヒの心配《しんぱい》

そんなある日、トワイエさんが、アサヒの泉《いずみ》にやってこない朝がありました。

春のはじめ、へんな風がふきまわって、それがぴたりとやんだつぎの日のことです。

――朝ねぼうしているのかなあ。

と、アサヒは思っていたのですが、昼になってもやってきません。ふつうの日なら、食事《しょくじ》のしたくとか、お茶の用意《ようい》のためにも、泉《いずみ》に水をくみにくるのです。

じゃあ、どこかに出かけたんだ、と泉《いずみ》の砂《すな》つぶたちとおしゃべりしているうちに、五日《いつか》がすぎました。

さすがにアサヒも、へんだなと思いはじめました。

考えてみれば、いままでどこかに出かける前にはかならず、

「きょうから、街《まち》へ出かけなければ、なりません」とか、

「三日間《みっかかん》、アサヒの泉《いずみ》には、うん、こられませんね」

などと、ひとりごとをいっていたのです。でも、こんどにかぎって、そんなことは、ひとこともいいませんでした。いったのは、

「きのうから、へんに寒《さむ》い風がふきますね」

ということばだけでした。

——へんに寒《さむ》い風のなかで、トワイエさんの身《み》の上《うえ》になにかおこっているんじゃないかなあ……。

と、心配《しんぱい》になってきました。はっと思いついたのが、

——部屋《へや》のなかで病気《びょうき》になっているのかもしれない。

ということです。きゅうに胸《むね》がどきどきしてきました。

——屋根裏部屋《やねうらべや》に行ってみよう。

アサヒは泉《いずみ》を抜《ぬ》けだして、トワイエさんの部屋《へや》に行きました。部屋《へや》はちらかったままです。トワイエさんの姿《すがた》はありません。

せまい部屋《へや》です。ちいさいアサヒですからベッドの下も机《つくえ》の下も見えています。トワイエさんはどこにもいません。

仕事《しごと》のとちゅうで、ちょっと出かけたという感《かん》じの部屋《へや》です。まえに旅《たび》に出かけたときには、きちんとかたづいていました。

あわてて部屋《へや》のそとに出て、らせん階段《かいだん》のいちばん上からまわりを見まわしてみました。春の光をあびた地面《じめん》が見えます。トワイエさんの姿《すがた》はありません。

アサヒのこころは、しんとなりました。トワイエさんに、なにかおこったのです。

——どうしよう……。

森のなかにさがしに行きたかったのですが、泉《いずみ》の水のないところには出ていけません。どうすることもできず、アサヒはらせん階段《かいだん》にすわって、トワイエさんがもどってくるのをまちました。

階段《かいだん》にすわっていると、大きな女のヒトと小さな男のヒトが南から北へ通《とお》りすぎました。このヒトたちの名前をトワイエさんがつぶやいていたような気がしますが、よくおぼえていません。しばらくするとふたりは、もときたほうへもどっていきました。

男の子も、やはり南から北へ通《とお》りすぎました。たしかこの子は、トワイエさんといっしょに泉《いずみ》にやってきたことがあります。この子もやはりしばらくすると、もときたほうへもどっていきました。

――このヒトたちは、トワイエさんが行方不明《ゆくえふめい》だってことを知っているのかなあ。

アサヒは、のんきそうに歩いている三人に、すこしいらいらしました。

そのつぎの日のことです。きょうもアサヒがらせん階段《かいだん》にすわっていると、その男の子がやってきました。それが、通《とお》りすぎないで、まっすぐこちらに歩いてきて、階段《かいだん》をのぼってくるのです。

——トワイエさんなら、いないよ。

と、思いました。男の子はどんどんのぼってきます。

男の子は、アサヒの三段《さんだん》ほど下の段《だん》で立ち止まり、足もとを見て、つぶやきました。

「あれ？　葉《は》っぱが、たくさん落《お》ちてるな……」

そして、つづけました。

「こんど、そうじしてあげよう」

——おおきなおせわ。

と、アサヒは思いました。

のぼりはじめた男の子のあとについて、アサヒものぼっていきました。

いちばん上までのぼると、おどろいたことに男の子は、声もかけずに屋根《やね》裏部屋《うらべや》のドアをあけて、なかにはいりました。

――トワイエさんがいるかいないか、たしかめもしないで、トワイエさんがるすなのに、かってにはいった！

アサヒは目をまるくしました。なんて失礼《しつれい》な子でしょう。るすの家にはいりこんで、いったいなにをするつもりなのかと、どきどきしながら、あとにつづきました。

――ほら、トワイエさんはいないでしょ。さっさとおかえり。

アサヒはこころのなかでいいました。けれど男の子は部屋《へや》をゆっくり見まわしたあと、机《つくえ》に近《ちか》より、ノートをとりあげました。

――あ、あ、トワイエさんのたいせつなものを、かってにさわっちゃいけないじゃないか！

そう思ったのですが、どうすればいいのか、思いつけません。

――あ、あ、
アサヒが思いつけないでいるうちに、男の子はノートを持《も》ったまま部屋《へや》を出ていきました。

――たいへんだ！

アサヒはその場に立ちすくんで、ドアがしまるのを見ました。トワイエさんが、うんうんうなりながらとりくんでいただいじなノートを、かってに持《も》っていかれたというのに、どうすることもできなかったのです。

アサヒはしばらく動《うご》けませんでした。ようやく、すこしだけ気をとりなおすと、のろのろと階段《かいだん》をおり、泉《いずみ》にもどってきました。

水のなかにはいりこめば、なにもかもまっさらに、気持《きも》ちがおちつくかと思いました。でも、おちつきません。そんなアサヒの気持《きも》ちも知らずに、泉《いずみ》の底《そこ》でくるくると水にふきあげられ、おどる砂《すな》つぶたちが、明るくいいました。

「おかえり。おかえり」

そして、

「トワイエさんは？　トワイエさんは？」

「もどってきたの？　もどってきたの？」

と、たずねました。

アサヒは首をふりました。

「どうしたの？　どうしたの？」

「なにかあったの？　なにかあったの？」

砂《すな》つぶたちがしつこくたずねるので、
アサヒはいいました。

「トワイエさんのいない部屋《へや》に、
男の子がきて、トワイエさんがだいじに

しているノートを持《も》っていった」

「ノートを？　ノートを？」

「持《も》っていった？　持《も》っていった？」

持《も》っていったということばに
アサヒの胸《むね》はきゅっとちぢみました。

「だって、どうすることもできないじゃないか！」

「どうすることも？　どうすることも？」

「できない？　できない？」

砂《すな》つぶたちにそういわれて、
なにかできることがあったのではないかと、
アサヒは、はじめて考えました。

「またくるかも。またくるかも」

砂《すな》つぶたちがくりかえします。

アサヒもこころのなかでくりかえしました。

——またくるかもしれない。

またやってきたら、そのときはどうすればいいだろう。屋根裏部屋《やねうらべや》のものを持《も》っていっちゃいけないってことを、わからせなきゃいけない。いや、屋根裏部屋《やねうらべや》にやってこないようにさせなくちゃいけない。屋根裏部屋《やねうらべや》は、トワイエさんのものだって、わからせなきゃ……。

——あ、

思い出したことがあります。男の子は階段《かいだん》を「そうじしてあげよう」なんていっていました。あの子がトワイエさんの家の階段《かいだん》をそうじする……。それはなんだか、おもしろくない気がしました。

——そんなことさせるもんですか。そうじならわたしがする。

そう思うと、アサヒはすぐに泉《いずみ》を抜《ぬ》けだしました。

「なにかするの？　なにかするの？」

砂《すな》つぶたちの声がうしろで聞こえました。

そのつぎの日、アサヒはらせん階段《かいだん》の一段目《いちだんめ》にすわっていました。考えているのは、トワイエさんのことです。どこかでぶじでいてくれればいいけれど……。

とつぜん男の子がやってきて、アサヒはびっくりしました。よけるのがおくれました。アサヒのからだが、男の子の足にひっかかって、男の子はつまずきました。

男の子はふしぎそうにそのあたりを見ました。もちろん男の子にはアサヒの姿《すがた》は見えません。首をひねりながら、みょうにしんちょうに階段《かいだん》をあがっていきました。

そのうしろから、アサヒはどきどきしながらついていきました。

——ほら、そうじしたよ、わたしが、そうじしたよ……

こころの声で何度《なんど》もいいました。そのかいがあったのでしょうか、階段《かいだん》を半分ほどのぼったところで、男の子は立ち止まりました。ようやく落《お》ち葉《ば》がそうじされていることに気づいたようです。

そして男の子はつぶやきました。

「ああ、きっと、ポットさんがそうじしたんだ」

アサヒはびっくりしました。

「わ……」

わたしがしたんだ！　と、いいかけて、両手《りょうて》で口をおさえました。男の子はびくっとして、ふしぎそうに足もとを見ました。でも、もちろんアサヒの姿《すがた》は見えません。もういちど首をひねると、階段《かいだん》をのぼっていきました。

きょうも男の子はかってにドアをあけ、なかにはいっていきます。そして、なんということでしょう、本棚《ほんだな》から一冊《いっさつ》の本をとりだし、それを持《も》って、部屋《へや》を出ていこうとするのです。

――トワイエさんがいないのをいいことに、いろんなものを持《も》ち出《だ》していくなんて！

と、アサヒがにらみつけたとき、男の子は部屋《へや》をふりかえって、つぶやきました。

「この部屋《へや》、ちらかってるなあ。かたづけておこうかなあ」

まるで自分の部屋《へや》だと思っているようです。

――そんなこと、させるもんですか。

と、アサヒはくちびるをかみました。

5 見えないだれか

『サーカスの暮《く》らし』をトワイエさんに持《も》っていった日、トワイエさんはその本がなぜ必要《ひつよう》だったのか、という話をスキッパーにしてくれました。そして、こんどは『北の海の灯台守《とうだいもり》』という本を持《も》ってきてくれないだろうか、とスキッパーにたのみました。もちろんスキッパーは、おおよろこびでひきうけました。

そのあと、ガラスびんの家から帰るときのことです。スキッパーがドアを出ると、ちょうどむこうから、ポットさんとトマトさんがやってくるところでした。

ふだんなら「こんにちは」くらいのことしか、スキッパーにはいえません。わかれたあとになって、「畑《はたけ》に出ているのは、なんの芽《め》ですか？」ときけばよかったなあ、などと思うのですが、どういうわけか、その場ではいえないのです。

でもスキッパーは、三日連続《みっかれんぞく》でトワイエさんに用事《ようじ》をたのまれて、気分が

はずんでいました。ですから、ポットさんに、

「やあ、スキッパー」

と、いわれたときに、おもわず、いつもよりしゃべってしまいました。

「こんにちは、ポットさん。トワイエさんの家の階段《かいだん》を、そうじしたんですね」

するとポットさんは、ききかえしました。

「え？　なんのこと？」

「トワイエさんの屋根裏部屋《やねうらべや》の階段《かいだん》、そうじをしたの、ポットさんでしょ？」

スキッパーはもういちどいいました。

「いや、ぼくはそうじなんてしていないよ。そうじ、してあったのかい？」

ポットさんに逆《ぎゃく》にたずねられ、スキッパーはうなずきました。トマトさんが口をはさみました。

「わたしが思うに、それはふたごがしたのじゃないかしら。そうじあそびなんていって。ねえ、やりそうじゃない？　ポットさん」

ふたご、というのは、湖《みずうみ》の島《しま》にすんでいる女の子たちで、あそぶのがだいすきなのです。

「あ、ああ、そう、そうかもしれないね」

と、ポットさんがうなずいたとき、ちょうどそのふたごが、湖《みずうみ》のほうから川ぞいにやってきました。ゴムの長靴《ながぐつ》をはいて、虫かごと網《あみ》を持《も》っています。

ふたごはスキッパーたちを見て、

「あ」

という顔をし、ポットさんは、

「おーい」

と、ふたごに手をふりました。

ガラスびんの家の前までやってきて、ふたごはいいました。

「わたしのことは、リビーと呼《よ》んで」

「わたしのことは、シュリーと呼《よ》んで」

ふたごの名前は、ついこのあいだまでは、ツクシとワラビでした。このふたりは、ときどき自分たちの名前をかえるのです。

「どうしてリビーになったか、知りたい？」

「どうしてシュリーになったか、知りたい？」

「ああ、ぜひとも、知りたいね」

ポットさんがこたえましたが、ふたごは首を左右にふりました。

「知りたくても、おしえてあげられない」

「いいたくても、いってあげられない」

「いまは、ひみつ」

「そう、ひみつ」

にやにやしているふたごに、スキッパーはたずねてみました。

「ねえ、トワイエさんの家の階段《かいだん》を、そうじした？」

ふたごはそっけなくこたえました。

「わたしたち、いま、調査《ちょうさ》でいそがしい」

「そう、調査《ちょうさ》ちゅう」

「わたしたちの調査《ちょうさ》に、そうじは、はいってない」

「そんなことするひまがあれば、調査《ちょうさ》する」

ポットさんがききました。

「虫の調査《ちょうさ》かい？」

ふたごは口を閉《と》じて、首を左右にふりました。

「ひみつ」

「ひみつの調査《ちょうさ》」

「じゃあ、お見舞《みま》いにきたのじゃないの？」

と、トマトさんがたずねました。

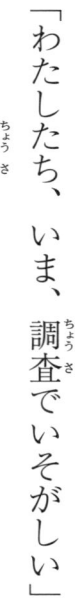

「そう、調査《ちょうさ》のとちゅうで、通《とお》りかかった」

「わたしたち、この川をさかのぼっているところ」

「シュリー！」

リビーにひじでつつかれて、シュリーは両手《りょうて》で口をおさえました。そして口をおさえたままでいいました。

「川をさかのぼっているのも、ひみつだった」

「シュリー！」

リビーににらまれて、シュリーはとつぜん、

「じゃあ」

と、片手《かたて》をあげました。リビーも肩《かた》をすくめながら、

「じゃあ」

と、手をあげ、ふたごは川上のほうへ行ってしまいました。

「あいかわらず、へんなふたごだなあ」

と、ポットさんがいい、

「なんの調査《ちょうさ》かしら」

と、トマトさんがつぶやきました。

なんの調査《ちょうさ》だろう、とスキッパーも思いました。でも、だれがそうじしたのか、ということのほうが、気がかりでした。

こうなったら、スミレさんとギーコさんにもたしかめたくなってきます。あいさつをして帰りかけていたのに、もどってスミレさんにたしかめました。さらに作業小屋《さぎょうごや》まで行ってギーコさんにもたしかめました。ふたりとも、階段《かいだん》をそうじしていないばかりか、トワイエさんの家のほうへは行っていないといいます。

——じゃあ、だれがそうじをしたんだろう。

なぞはふかまるばかりでした。

スキッパーは帰る道でも、ずっとそのことを考えていました。

——ほんとうに、だれかが、そうじをしたんだろうか。そうじをしなくても、階段《かいだん》にはりついた落《お》ち葉《ば》がなくなることはないだろうか。

——いや、あれだけの落《お》ち葉《ば》がはりついていたんだ。ちいさな動物《どうぶつ》とか、風のせいでなくなるなんて考えられない。

——じゃあ、だれがそうじをしたんだろう。

——もしかすると、だれかが、そうじをしたのに、していないといっているんだろうか。

あれこれ考えながら歩いていると、その屋根裏部屋《やねうらべや》の前でスキッパーの足が止まってしまいました。

らせん階段《かいだん》が木のまわりをのぼっています。

階段《かいだん》をじっくり見ました。そうじしたのがだれだかわかるような手がかりが、なにか残《のこ》されていないでしょうか。

階段《かいだん》を一段《いちだん》、二段《にだん》のぼってみました。そしてよくよくながめてみました。きれいな階段《かいだん》です。砂《すな》つぶひとつありません。ところが、一段目《いちだんめ》にちいさな土のかけらがありました。さっきはなかったぞ、と一段目《いちだんめ》におりると、こんどは二段目《にだんめ》にもおなじ土のかけらがあらわれました。

とつぜん、わけがわかって、笑《わら》ってしまいました。自分のくつについていた土のかけらだったのです。

――まてよ。

スキッパーはまじめな顔になりました。いま階段《かいだん》に足をかけて、そのあとがのこったのに、二時間ほど前にスキッパーがここをのぼったあとが、どうして見つからないのでしょうか。

——あのときは、くつがよごれていなかったのかもしれないな。でなければ、あのあと、だれかがまたそうじをしたのかもしれない。もしそうなら、いったい、だれが……？

なにもわかりません。

ふいに、思いつきました。

——いまから『北の海の灯台守《とうだいもり》』をとりに、屋根裏部屋《やねうらべや》へ行こう。いままでなら、ガラスびんの家に行くその日に、たのまれたものをとりに行っていました。でも、前の日にとっておいてもおなじことです。それに、屋根裏部屋《やねうらべや》まで行けば、だれがそうじをしたのか、なにか手がかりがつかめるかもしれません。

そうこころを決《き》めて、階段《かいだん》をのぼろうとしたスキッパーは、ぎくっとしました。

——え？

なにもないし、だれもいないのに、両《りょう》ひざのあたりを前からおさえられたのです。

あわてて、うしろにとびのきました。立っていたのが階段《かいだん》の一段目《いちだんめ》でなければ、ころがり落《お》ちていたところです。

両《りょう》ひざにあったのは、はっきりとした感覚《かんかく》でした。思い出したのは、さっききここに『サーカスの暮《く》らし』をとりにきたとき、なにかやわらかいものにつまずいたことです。

目をこらしてすぐ目の前を見つめました。なにもいないように見えます。そっと前に手をのばしてみました。なんにもさわりません。ゆっくりと階段《かいだん》をのぼってみました。のぼれます。なにもありません。

――気のせいかな。いや、たしかにひざをおさえられた。

――でも、だれに？　見えないだれかに？

――そんなことがあるだろうか。やっぱり、気のせい……？

——きっと、気のせい……。

スキッパーは混乱《こんらん》する気持《きも》ちをおちつかせながら、ゆっくり、らせん階段《かいだん》をのぼっていきました。

ドアのとってに手をかけて、もういちど、どきっとしました。とってがまわらなかったのです。それも、鍵《かぎ》がかかっているような手ざわりではなく、だれかがむこうでおさえているような感《かん》じです。

スキッパーの頭のなかにうかんだ考えといえば、

——こんなあそびをするのは、ふたごだ！

というものでした。きっと、階段《かいだん》をそうじしたのもふたごで、スキッパーをからかおうとしているのだ、と思ったのです。スキッパーはドアのむこうによびかけました。

「ねえ、こんなあそびは……」

やめようよ、という前に、力《ちから》が抜《ぬ》けたようにとってがまわり、ドアはこちらがわに開《ひら》きました。

はじけるようなふたごの笑《わら》い声《ごえ》――、をスキッパーは予想《よそう》しました。けれど、しんとしています。部屋《へや》のなかには、だれもいなかったのです。

それだけではありません。ちらかっていた屋根裏部屋《やねうらべや》は、きちんとかたづけられていました。

引かれたままだったいすは机《つくえ》のなかにちゃんとおさまり、ベッドの上にぬぎすてられた上着《うわぎ》はハンガーにかかり、机《つくえ》の上の本は閉《と》じられてまっすぐにおかれています。

スキッパーはドアの前に立ちつくしました。しばらくしてから、

「どういうことだろう……？」

と、つぶやきました。そして、はっと思いあたりました。階段《かいだん》がそうじされていたのも、部屋《へや》のなかがかたづけられていたのも、スキッパーがそうつぶやいたあとだということです。

そういえば、そうじをしたのはポットさんだとつぶやいたときに、だれかの声が聞こえたように思いました。やわらかいものにつまずいたこと、だれかにひざをおされたような感覚《かんかく》があったこと、いまだれかがドアのとってをおさえていたことが頭のなかでひとつになりました。

きゅうに胸《むね》がどきどきしはじめました。

「だれか、いるの?」

こんどは、つぶやくのではなく、出入《でい》り口《ぐち》に立ったまま、見えないだれかにいってみました。声がすこしかすれてしまいました。そのかすれた声は部屋《へや》のなかにすいこまれるような気がしました。なんの返事《へんじ》も返《かえ》ってきません。

でも、

——だれか、いるんだ。

と、スキッパーは思いました。

どうしていままで気がつかなかったのでしょう。だれかがいるのを感《かん》じます。子ギツネをつれた母親ギツネにきばをむかれたときのような、はねつける気配《けはい》を感《かん》じます。むこうへ行け、ここにいてほしくない、と思われている気がします。

それは思いすごしで、自分がかってにそう感《かん》じているだけじゃないか……。そう思いたいのですが、思えません。

キツネなら、わかってくれないのもしかたがない、と思えます。でも、けもののような感《かん》じではありません。こんなにしめだされるような気配《けはい》は、スキッパーには、はじめてのことです。胸《むね》のなかがつめたくなって、まるで空気におし返《かえ》されるように、一歩《いっぽ》、二歩《にほ》、うしろにさがりました。

すると、ばたんとドアがしまりました。

そのドアのしまりかたで、だれかが、スキッパーに、ここにいてほしくないと思っていることが、もう、はっきりとわかりました。

6 スキッパーのなかの、みんな

つめたい胸《むね》のまま、なにも考えられず、スキッパーはウニマルにもどってきました。

ウニマルにのぼるはしごをつかむ手も、自分の手ではないように思えました。

いままでにも、こまったことはいっぱいありました。でも、こういうふうに、胸《むね》のなかがつめたくなることは、はじめてです。だれかに、ここにいないでくれ、と思われたのです。

どうすればいいのか、まるでわかりません。

広間《ひろま》のいすにすわって、じっとしていました。

ここにバーバさんがいてくれればよかったのに、と思いました。でも、バーバさんはいません。

いつのまにか窓《まど》のそとが暗《くら》くなっています。

つぎに考えたのは、もしもバーバさんがいたら、どういってくれるだろう、ということです。いっしょうけんめい考えていたら、バーバさんの声が聞こえたような気がしました。

――スキッパー、まず、ランプに灯《ひ》をつけてみたらどう？

そこで、ランプに灯《ひ》をつけました。

――どうすればいいかわからないときは、森のみんなに相談《そうだん》すればいいから。

それは旅《たび》に出るとき、バーバさんがかならずいうことばです。

スキッパーは目をとじて、森のみんながまわりにいるところを想像《そうぞう》してみました。

トマトさんなら、きっとこういう。

――スキッパー、そういうときには、なにか食べなくちゃ。

「でもトマトさん、ぼく、なにも食べたくないんです」

スキッパーは、思わず声に出しました。

――だめ。なにか食べなくちゃ。さあ、ストーブに火をつけて。こういうとき、スミレさんなら、きっとこういう。

――スキッパー、ハーブティーをまず飲《の》んでみたらどう？　この前にあげたのが、まだあるでしょ。

そうでした。ガラスびんの家へお見舞《みま》いに行ったとき、トワイエさんのためにたくさんつくったものを、スミレさんはスキッパーにもくれたのです。

スキッパーは目をあけて立ちあがり、お湯《ゆ》をわかし、ハーブティーをいれて飲《の》みました。ハーブティーのせいか、みんなのことばを思《おも》いうかべたせいか、さっきほどつめたい胸《むね》ではなくなったようです。

そこで、地下室《ちかしつ》からとってきた缶詰《かんづめ》のトマトのスープを鍋《なべ》にあけ、あたためて飲《の》みました。

気持《きも》ちがだいぶおちついてきたように思えます。スキッパーは、もういちど、目を閉《と》じました。

ポットさんなら……、とりあえず、こういうだろうな。

——さあ、問題《もんだい》はどういうことなんだい？——って。

スキッパーはこたえました。

「トワイエさんの屋根裏部屋《やねうらべや》の家に、見えないだれかがいて……、ぼくをきらっているみたいなんです」

きらっている、ということばをつかうと、もういちど胸《むね》のつめたさを感《かん》じました。

——そのだれかは、スキッパーのことを、きらいって、いったのかい？

「いわれたわけじゃないけど……、ぼくを部屋《へや》にいれたくないようなんです」

——まあ、それは、なぜなの？

ポットさんのそばで、トマトさんが両手《りょうて》をほおにあてるのが目にうかびました。

「わかりません」

ふたごなら、（ふたごのいたずらじゃなかったのに、きめつけてわるかったな、とスキッパーは思いました）ふたごなら、どういうだろう。

――いやがられているなら、行かなければいい。

――わざわざ行く必要《ひつよう》ない。

「ぼく、本をとりに行かなくちゃならないんだ」

こまりました。あの見えないだれかは、なにものなのでしょう。

――スキッパーは、見えないだれかがなにものか、知らない。

スミレさんが、スキッパーの考えたことをなぞるようにつぶやき、こうつづけました。

――その、見えないだれかは、スキッパーのことを知っているのかしら。

「知らない……、のじゃないかな……」

相手《あいて》が自分のことを知らない――。前にだれかがそんなことを……。そうです、ギーコさんがそんなことをいっていました。

広場《ひろば》のすみに、みんなでちいさな家を建《た》てたときのことです。木を切《き》り倒《たお》すときにギーコさんがつぶやくように歌っていたのが聞こえたので、スキッパーはなんだろうと思いました。歌声はポットさんにも聞こえていたらしく、あとでポットさんがたずねたのです。

「ねえ、ギーコさん、いま木を切るときになにか歌っていただろ。あれはいったいなんだい？」

するとギーコさんは、こうこたえました。

「ああ、聞こえていたのか。あの歌は、おじいさんからおそわったんだ。木を切《き》り倒《たお》すとき、刃《は》をいれる前に、木にお願《ねが》いをすることばを歌っているんだ。だって、木はぼくのこと、きっと知らないだろ。ぼくがなにもので、なんのためにあなたを切らせてもらうのか、切ったあとどうするのか、どういう心構《こころがま》えでこういうことをするのか、説明《せつめい》して、お願《ねが》いする歌なんだ。それから切らせてもらうんだ」

スキッパーは、とても大切なことを聞いたように思ったのでした——。

スキッパーは目をあけました。そしてしばらく考えたあとで、うなずきました。わかってくれるかどうかわからないけれど、とにかくそうしてみよう、と決《き》めました。

つぎの日の午後、スキッパーは、屋根裏部屋《やねうらべや》へのぼるらせん階段《かいだん》の下で、しっかりした声でいいました。

「いまから、この階段《かいだん》をのぼって、トワイエさんの部屋《へや》へ行きます。用事《ようじ》があるんです。のぼらせてください」

空気がゆらいだような気がしました。

階段《かいだん》を一歩《いっぽ》、一歩《いっぽ》、のぼっていきます。だんだん空気が濃《こ》くなっていくように思えます。胸《むね》がどきどきしてきました。

一番上までのぼりました。

いちど大きく息《いき》をして、ドアに手をかけました。とってはすっとまわりました。ドアをゆっくり開《ひら》きます。

だれかが、いる。

スキッパーは勇気《ゆうき》をふるって、いいました。

「ぼくは……、ぼくはスキッパーといいます。この森の、ここから南に歩いたところにすんでいます。あの……、ここはトワイエさんの家ですが、トワイエさんは、けがをして、いま、ガラスびんの家で、暮《く》らしているんです。ああ、そう、もう、かなり痛《いた》みはなくなっているみたいです。でも、まだ歩かないほうがいいみたい。で、ぼ、ぼくは、そのトワイエさんにたのまれて、ノートとか、本とか、持《も》っていってあげているんです。きょうも『北の海の灯台守《とうだいもり》』という本を、持《も》ってくるように、たのまれているんです」

気がつくと、空気がゆるんだ感《かん》じになっていました。はねつけるような気《け》配《はい》がありません。スキッパーはほっとしました。

「だから、その本を、とっていきます」

本はいわれた場所《ばしょ》にありました。スキッパーは本をかかえて、見えないだれかにいいました。

「じゃあ、いまから、ガラスびんの家にいるトワイエさんのところに、持《も》っていきます」

そして部屋《へや》を出て、ドアをしめました。まだ胸《むね》がどきどきしています。ポケットからハンカチをとりだし、ひたいのあせをふこうとした、その手がとまりました。

肩《かた》になにかが飛《と》びのった感《かん》じです。

――え?

と、からだをかたくしていると、しばらくしてから、耳もとで、

「ごめんなさい」

と、声がしました。

おさまっていた胸《むね》のどきどきが、もういちどはじまりました。ふけなかったあせが、すうっと流《なが》れます。

スキッパーは、肩《かた》のあたりにむかって、ちいさな声でたずねました。

「きみは、だれ?」

そのままじっと返事《へんじ》を待《ま》ちました。

もう声は返《かえ》ってこないのかな、と思ったころ、

「アサヒの泉《いずみ》の、アサヒ」

と、声がもどってきました。

アサヒの泉《いずみ》の、アサヒ……。

アサヒの泉《いずみ》の……、アサヒ……?

声がもういちどいいました。

「アサヒの泉《いずみ》の、水の精《せい》」

「アサヒの泉《いずみ》の……、水の精《せい》……!?」

「そう。トワイエさんが泉《いずみ》に名前をつけたとき、わたし、生まれた」

そうだったんだ……。スキッパーは口をあけたまま、大きく息《いき》をつきました。

それから、

「トワイエさんは、きみのことを、知っているの？」

と、たずねました。すると、くくくっと笑《わら》いをこらえる声といっしょに、

「知らない」

と、返事《へんじ》がもどってきました。

「トワイエさんに、きみのこと、話してもいい？」

そうきいてみると、

「うーん……」と考えたあと、また、くくくっと笑《わら》って、

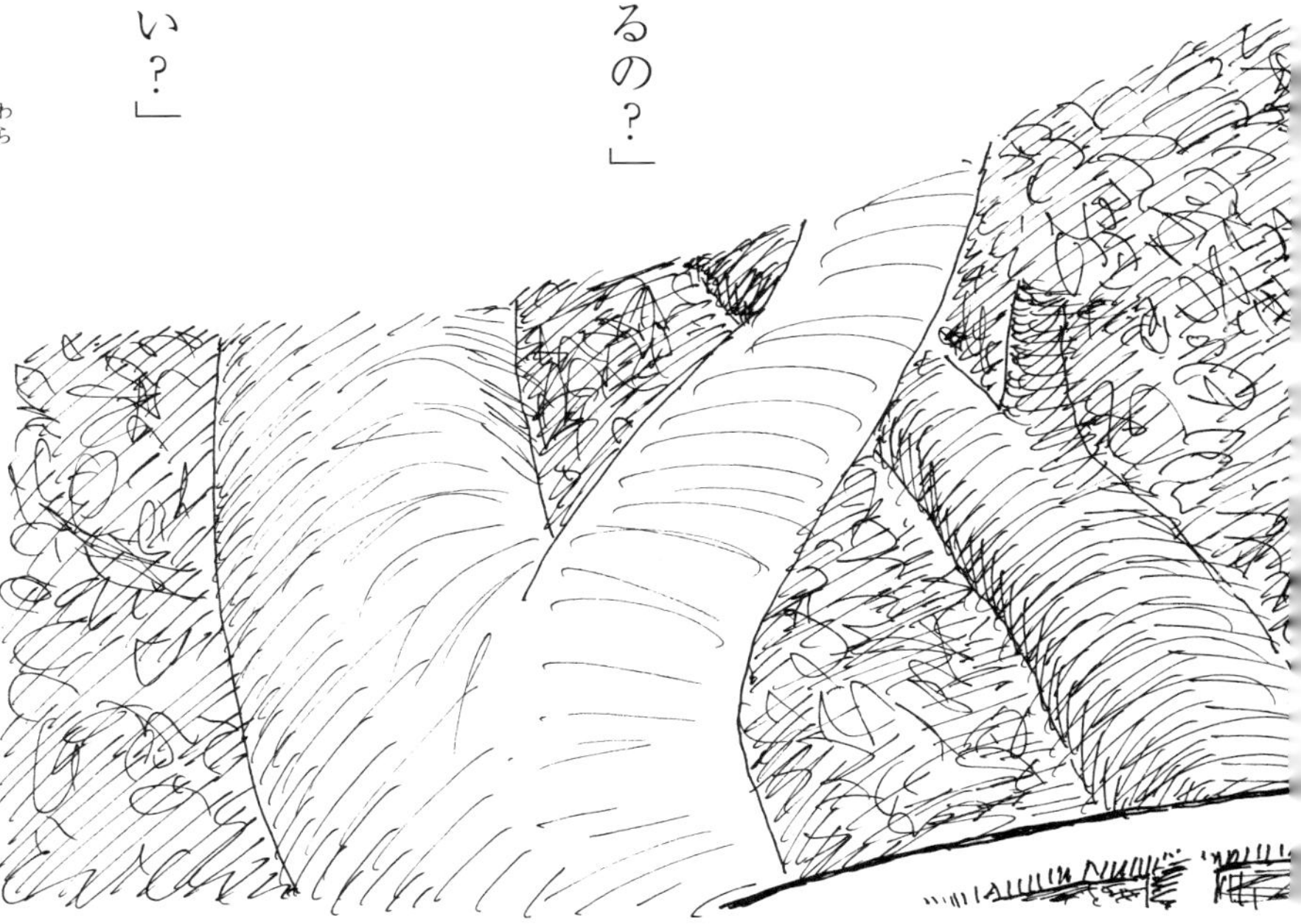

「話さないほうが、いい」

と、いいました。

スキッパーはうなずきました。

「じゃあ、話さない」

肩《かた》になにかがのっている感《かん》じはそのままです。

「ぼく、いまから、トワイエさんのところに行くけれど……」そのあとは、すこし思いきっていいました。「なにか用事《ようじ》はありませんか?」

しばらく待《ま》っていると、ちいさな声がいいました。

「泉《いずみ》の水を、トワイエさんのところに持《も》っていってほしい」

スキッパーはうなずきました。

ふっと肩《かた》が軽《かる》くなりました。

7
アサヒはワルツを踊《おど》り、トワイエさんは夢《ゆめ》を見る

その日の夕方、アサヒは泉《いずみ》にもどってきました。

「おそかったね、おそかったね」

「どうだった？　どうだった？」

「またきた？　またきた？」

「わかった？　わかった？」

砂《すな》つぶたちがたずねました。

「うん、男の子はまたきた。その子の名前はスキッパーっていうんだ。スキッパーはわるい子じゃなかった。トワイエさんにたのまれて、本やノートをとりにきていたんだ」

「スキッパー、スキッパー」

「そのスキッパーが、泉《いずみ》の水をくみにきたでしょ？」

「きた！　きた！」

「泉《いずみ》の水を運《はこ》んでくれたんだ。だからわたしもいっしょに、トワイエさんがいるガラスびんの家に、ああ、大きなガラスびんでできている家だよ、そこに行けたんだ。あの子がいったとおりだった。いたよ。トワイエさん」

「トワイエさん、トワイエさん」

「ガラスびん、ガラスびん」

「足をけがしているけど、元気だった」

砂《すな》つぶたちは、いきおいよくまいあがりました。

「よかった！　よかった！」

「元気！　元気！」

「うん。ほんと、よかった。わたし、しばらく待《ま》って、トワイエさんが眠《ねむ》ったとき、トワイエさんの夢《ゆめ》のなかにはいってみたんだ」

「はいったの？　はいったの？」

「すごい！　すごい！」

「トワイエさんの夢《ゆめ》は、ウサギやキツネ、タンポポやカツラの木なんかの夢《ゆめ》とぜんぜんちがった」

そこまでいって、アサヒはくくくっと笑《わら》いました。

「どうしたの？　どうしたの？」

「おしえて。おしえて」

「なに？　なに？」

「おしえて。おしえて」

砂《すな》つぶたちは、聞きたがりました。

「トワイエさんの夢《ゆめ》のなかにね、トリオトコっていうおもしろいヒトがいてね、わたしにダンスをおしえてくれたんだ。ワルツをね」

アサヒは、泉《いずみ》のなかで、湧《わ》きあがる砂《すな》つぶたちをあいてに、ワルツを踊《おど》ってみせました。


スキッパーが帰ったあと、トワイエさんはすこし眠《ねむ》りました。目をさますと、レースのつづきを編《あ》みはじめているスミレさんをふりかえりました。

「またおもしろい夢《ゆめ》を見ましたよ。トリオトコがね……」

「飛《と》べないほうの？」

「そう、大道芸人《だいどうげいにん》のほうのトリオトコが、女の子とワルツを踊《おど》っているんです。で、ぼくにいうんです。

――第一問《だいいちもん》。このひとは、だれでしょう？

ぼくが、

――さあ？

っていうと、

――水の精《せい》だよ。第二問《だいにもん》。どこの泉《いずみ》からやってきたでしょう？

どこの泉《いずみ》って、ぼくが知っているのはアサヒの泉《いずみ》だけですからね。

――アサヒの泉《いずみ》。

ぼくがそうこたえると、その子がぼくを見て、とてもうれしそうな顔で、

――そうよ！

って、いうんです。

なんだか、いい夢《ゆめ》でしょう？」

「まあ！　スキッパーがくんできてくれた、アサヒの泉《いずみ》の水を飲《の》んだせいかもしれないわね」

「そう、そうですね、きっと。ああ……、きっとそうだ」

トワイエさんは、ひさしぶりに飲《の》んだ水の味《あじ》を思いうかべ、笑顔《えがお》でうなずきました。

スミレさんが、「あ」とちいさく口をあけました。

「お話のほうの鳥男さんの、わかりあえる相手《あいて》って……、水の精《せい》なのかもしれないわね」

トワイエさんは、それを聞くと、きゅうにまじめな顔になって背筋《せすじ》をのばし、空中を見つめました。

そしてそれから、手帳《てちょう》をひきよせ、もういちど空中を見つめ、うん、とうなずいたあと、

〈水の精《せい》〉

と、書きました。

ふたつめの話

ふしぎなカヌー

1

ふたごはふしぎなものを見つける

自分たちの名前をときどき変《か》えるふたごが、ツクシ、ワラビと呼《よ》びあっていたころのことです。

トワイエさんがけがをして、ガラスびんの家に運《はこ》びこまれると、ふたりはすぐにお見舞《みま》いに行くことにしました。

なにしろ、けがをしたひとをお見舞《みま》いするなんてはじめてのことですから、いったいどんなおもしろいことがあるのだろうと、わくわくして行きました。

まず湖《みずうみ》をヨットでよこぎります。北の川が湖《みずうみ》にそそぎこむあたりの砂浜《すなはま》にヨットをとめ、そこから川ぞいにのぼります。しばらく歩くと橋《はし》が見え、そのむこうにあるのが、ガラスびんの家です。

さあ、いよいよ、はじめてのお見舞《みま》いがはじまります。

スミレさんがドアをあけてくれました。

「お見舞《みま》いにきました」

声をそろえてふたりがいうと、スミレさんは、

「それはそれは」

と、いいました。

ふたごは顔を見あわせて、「(それはそれは)」とささやきあって、目だけで笑《わら》いあいました。それはそれはということばが、なんだかおもしろかったのです。でも、おもしろかったのは、それだけでした。

いすに腰《こし》をおろしたふたごは、すぐに、どうして自分たちがお見舞《みま》いにわくわくしていたのか、ふしぎになりました。

「お見舞《みま》いにきました」

「足のぐあいはどうですか」

といってしまえば、あとはもう、いうことも、することもないのです。トワイエさんのほうも、まだ足が痛《いた》いときでしたから、ふたごと目をあわせたときにほほえむくらいがせいいっぱいです。ですから、スミレさんが出してくれた、さとうのはいっていないお茶を飲《の》んで、いすの前でぶらぶらさせる自分の足を見て、ときどきトワイエさんと目をあわせてにっこりする、それがふたごの、はじめてのお見舞《みま》いでした。

いちど行っただけで、お見舞《みま》いというのはたいくつなものだと、ふたりにはわかってしまいました。

そこで、たいくつでないお見舞《みま》いを考えることにしました。

ガラスのそとがわにはりついていて、トワイエさんをびっくりさせるとか、ガラスに怪獣《かいじゅう》の絵をはりつけるとか、です。

トワイエさんが眠《ねむ》っているあいだに、ツタの枝《えだ》に、粘土《ねんど》と葉《は》っぱでつくった人形《にんぎょう》をおいた日のことです。

ふたりは家のそとから、ツタのかげにかくれて、トワイエさんを見張《みは》っていました。トワイエさんが目をさまして、ツタのほうに目をやって人形《にんぎょう》を見つけ、ぎょっとする、というところをぜひとも見たかったのです。

ところが、なかなかトワイエさんは目をさましません。ふたりはちょっとそのあたりを散歩《さんぽ》することにしました。

川ぞいに上流《じょうりゅう》のほうへ行くと、ギーコさんの作業小屋《さぎょうごや》がありました。

そこからさらに上流《じょうりゅう》のほうには、あまりだれも行かないらしく、草がしげっていて、歩きにくくなっています。ふたごは立ち止まって、川の流《なが》れを見ました。

「トワイエさんは目がさめたら、きっとおどろく」

「そう、ツタのヒトがあらわれたと思う」

「けっさく！」

「大成功《だいせいこう》、うたがいなし！」

そんなことをいいあって、くっくっくっと笑《わら》いあったとき、ツクシが川を指《ゆび》さして、

「あれ？」

と、声をあげました。ワラビもそちらを見て声をあげました。

「あれ？」

川に、ちいさな見なれないものが流《なが》れていました。豆《まめ》のさやのような、おもちゃのちいさな舟《ふね》のようなものが、流《なが》れていくのです。

「なんだろう」

「はじめて見る」

「豆《まめ》のさやかな」

「さなぎかな」

ふたりはそれについて、歩きました。

「豆《まめ》のさやにしては、形ができすぎ」

「さなぎにしても、形ができすぎ」

「おもちゃの舟《ふね》かな」

「おもちゃの……、舟《ふね》……」

そこでふたりは同時《どうじ》にさけびました。

「カヌー！」

前にウニマルでスキッパーに見せてもらった本に、そんな舟《ふね》の絵がのっていました。ふたりは舟《ふね》が好《す》きですから、その本だけはいっしょうけんめい見たのです。

それはたしか、北の国の舟《ふね》でした。細長《ほそなが》くて、前と後ろがとがっていて、まんなかよりすこし後ろの、ひとがのりこむところに、まるくふちがついています。そうです。見れば見るほどカヌーです。

ふたりは夢中《むちゅう》になりました。こんなにちいさなカヌーがどうして流《なが》れてきたのでしょう。

ガラスびんの家の前を通《とお》りすぎたのにも気づかないまま、ふたりはそれについて、川をくだっていきました。

「おもちゃのカヌーだ」

「おもちゃというより、模型《もけい》かもしれない」

「だれがつくったんだろ」

「川の上流《じょうりゅう》に、だれか住《す》んでた?」

「ううん。住《す》んでないはず」

そんなことをいいあっているうちに、やがて湖《みずうみ》までやってきました。川の流《なが》れにのって、カヌーも湖《みずうみ》にただよい出ました。

ツクシとワラビはすぐにヨットを出し、カヌーを水からすくいあげました。

「どう見ても、カヌー」手のひらにのせ、目の前に持《も》ちあげて、ワラビがいいました。「でも……」

「でも? なに?」

ツクシがたずねました。

「これ、ひとがつくったとは、思えない」

と、ワラビはつぶやくようにいいました。

2　ふたりは調査隊《ちょうさたい》をつくる

ふたりの家は、湖《みずうみ》の岸《きし》近くの島《しま》にあって、巻《ま》き貝《がい》の形をしています。家にもどると、いそいでお茶をいれ、クッキーを用意《ようい》しました。お茶を飲《の》みながら、カヌーのようなものをくわしく調《しら》べることにしたのです。

お茶をひとくち飲《の》んでから、ツクシが、カヌーのようなものを手にとりました。そして、いろんな角度《かくど》から見たあとで、いいました。

「なるほど。ひとがつくったとは思えない」

ワラビもお茶をひとくち飲《の》んでから、うなずきました。

「思えない。だいいち、刃物《はもの》でけずったあとがない」

「ない。それに、のりではりあわせたあともない」

「ない。それから、針《はり》と糸でぬったあともない」

「ない」

だれかがおもちゃか模型《もけい》としてつくったのなら、どこかにはりあわせたり、けずったりしたあとがあってもよさそうなものです。けれどそれはすべすべしていて、ひっつけたあとがまったくないのです。

クッキーをひとくちかじって、ツクシがいいました。

「といって、自然《しぜん》にできたとも思えない」

ワラビはクッキーをお茶にひたしたのをかじって、うなずきました。

「これが自然《しぜん》にできたというなら、それこそ不自然《ふしぜん》」

「どう見ても、カヌーの形」

「そう、きちんと水にうく形」

「ヒトがはいるところもある」

そこでツクシはもうひとくちお茶を飲《の》んで、

「ヒトがつくったとは思えず……」

と、つぶやきました。ワラビはクッキーをお茶にひたして、

「自然《しぜん》にできたとも思えない……」

と、つぶやきました。

そのあとしばらくカヌーのようなものをにらみながら、クッキーを食べ、お茶を飲《の》み、していましたが、とつぜんワラビが立ちあがりました。

「もっとくわしく見てみよう」

とってきたのは虫眼鏡《むしめがね》です。

「なるほど」

ツクシも自分の虫眼鏡《むしめがね》をとってきました。

ふたりはテーブルにおいたカヌーのようなものを、虫眼鏡《むしめがね》で、いろんな角度《かくど》からくわしく観察《かんさつ》しました。

「あ」と、ワラビがいいました。そして、「もしかして！」といって、カヌーの、いま見ていたのと反対側《はんたいがわ》を見ました。見たとたんに「まさか！」とさけびました。

「なに？　大発見《だいはっけん》？」

ツクシがたずねました。

「大発見《だいはっけん》」

ワラビが、がくがくとうなずきました。そしてもういちど立ちあがり、縫《ぬ》い針《ばり》をとってきました。それでカヌーのようなものの、まんなかあたりを指《さ》していいました。

「ほら、ここに、きずがついている」

それから反対側《はんたいがわ》のおなじあたりを指《さ》しました。

「ほら、ここにも」

「それが?」

ツクシが首をひねり、ワラビが背筋《せすじ》をのばしました。

「われわれは、ウニマルで、こういったカヌーの絵を見たね、ツクシくん」

ツクシは、この口調《くちょう》をあまり愉快《ゆかい》には思えませんでした。まるで名探偵《めいたんてい》ワラビが、察《さっ》しのわるい助手《じょしゅ》ツクシに説明《せつめい》するような調子《ちょうし》だったからです。けれど、いまそんなことを気にしていると、大発見《だいはっけん》を説明《せつめい》してもらえなくなるかもしれないので、こうこたえました。

「見ました、ワラビ先生。でもそれがどうしたのですか」

ワラビは満足《まんぞく》そうにうなずきました。

「あの北の国のひとたちは、どうやってカヌーをあやつっていただろうか」

ツクシは絵を思い出しました。たしか、両端《りょうはし》に水をかくところのついた櫂《かい》を持《も》っていたはずです。そこまで思い出して、

「あっ！」

と、声をあげました。

「ツクシくん、きみにもわかったようだね」

ツクシはことばをうしなっていました。

ふたつのきずは、もしもこのカヌーに乗《の》れるほどちいさなヒトがいて、そのカヌーを操縦《そうじゅう》したとすれば、櫂《かい》があたる場所《ばしょ》でした。それは、櫂《かい》で何度《なんど》もこすられたようなきずだったのです。

「ということは……」

ツクシはつぶやくようにいいました。

「と、いうことは……？」

ワラビも興奮《こうふん》をおさえきれない声でくりかえしました。

「これは、ちいさなヒトが乗《の》っていたカヌー……？」と、ツクシ。

「そしておそらく、ちいさなヒトがつくったカヌー……」と、ワラビがつづけました。「そんなちいさなヒトなら、わたしたちの目に見えない縫《ぬ》いかたや、つなぎかたができるかもしれない」

「すると、あの川の上流《じょうりゅう》には、ちいさなヒトがいるかもしれない……？」

ツクシがいうと、ワラビは「おお！」という顔をしました。そこまでは考えていなかったのです。

「上流《じょうりゅう》を調査《ちょうさ》しよう！」

と、ワラビがひとさし指《ゆび》を立てました。

「調査隊《ちょうさたい》を結成《けっせい》しよう！」

ツクシもひとさし指《ゆび》を立てました。

「わたしのことは、リビングストンと呼《よ》んで」

ワラビがいうと、ツクシもいいました。

「わたしのことは、シュリーマンと呼《よ》んで」

いったあとすぐ、ふたりは顔を見あわせて首をひねりました。どちらも有《ゆう》名《めい》な探検家《たんけんか》と考古学者《こうこがくしゃ》の名前です。ですから調査隊《ちょうさたい》らしくはあるけれど、かわいくないように思えたのです。

「リビングストンじゃなくて、リビーにする」

「シュリーマンじゃなくて、シュリーにする」

そういって、ふたりはうなずきあいました。

3　ふたごの想像《そうぞう》は広がる

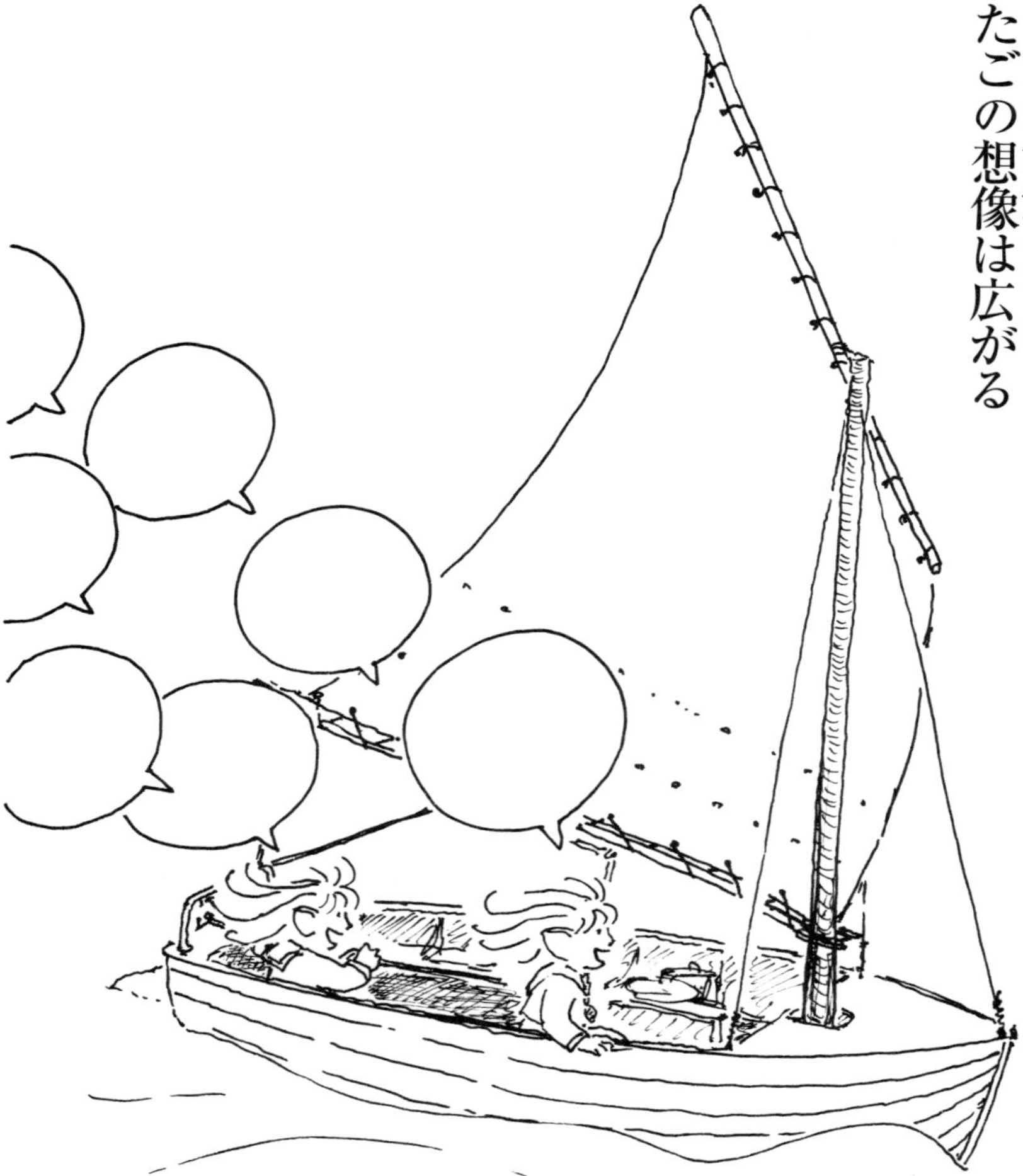

つぎの日、リビーとシュリーは調査《ちょうさ》に出かけました。ヨットに乗《の》っているときも、川ぞいに歩いているときも、ふたりはしゃべりつづけます。

「まさかそんなところにちいさなヒトがいるとは思わなかった」

「だれも気づいていない」

「ちいさなヒトのことは、わたしたちがみんなに紹介《しょうかい》するまでは、ひみつにしておこう」

「ひみつ、ひみつ、ひみつの調査《ちょうさ》」

「ひみつ、ひみつ、ひみつの調査《ちょうさ》」

「カヌーの大きさから考えると、ちいさなヒトの背《せ》の高さは、わたしたちの小指《こゆび》の半分くらい」

「ミツバチくらい」

「大型《おおがた》のアリくらい」

「何人もが住《す》んでいるなら、村とかがある」
「お城《しろ》があるかも」
「ちいさなヒトの、ちいさなお城《しろ》」
「お城《しろ》があれば、お姫《ひめ》さまがいるかも」
「このカヌーには飾《かざ》りとかないから、お姫《ひめ》さまが乗《の》るようなカヌーじゃない」
「お姫《ひめ》さまが乗《の》るカヌーなら、もようがついている」
「宝石《ほうせき》とかもつけてあるかも」
「このカヌーはふつうのヒトが乗《の》る」
「そう、北の国のように、漁《りょう》をするヒトが乗《の》る」
「北の国ではアザラシとかをとっていたけど、ちいさなヒトは、メダカとかをとる」
「大人のメダカだと大きすぎるから、生まれたての

メダカかも」

「ちいさなヒトは漁《りょう》をしていた。さかなにあばれられて、カヌーからおっこちた」

「もしかすると、トゲウオなんかにあばれられたかも」

「トゲウオをとってきてほしい、とお姫《ひめ》さまがわがままをいったかも」

「それで、わかい漁師《りょうし》のセバスチャンが、風の強い日に漁《りょう》に出たかも」

「おお！　なんて勇気《ゆうき》のあるセバスチャン！」

「それというのも、セバスチャンは、ひそかにお姫《ひめ》さまのことが好《す》きだった」

「ああ！　あわれなセバスチャン！」

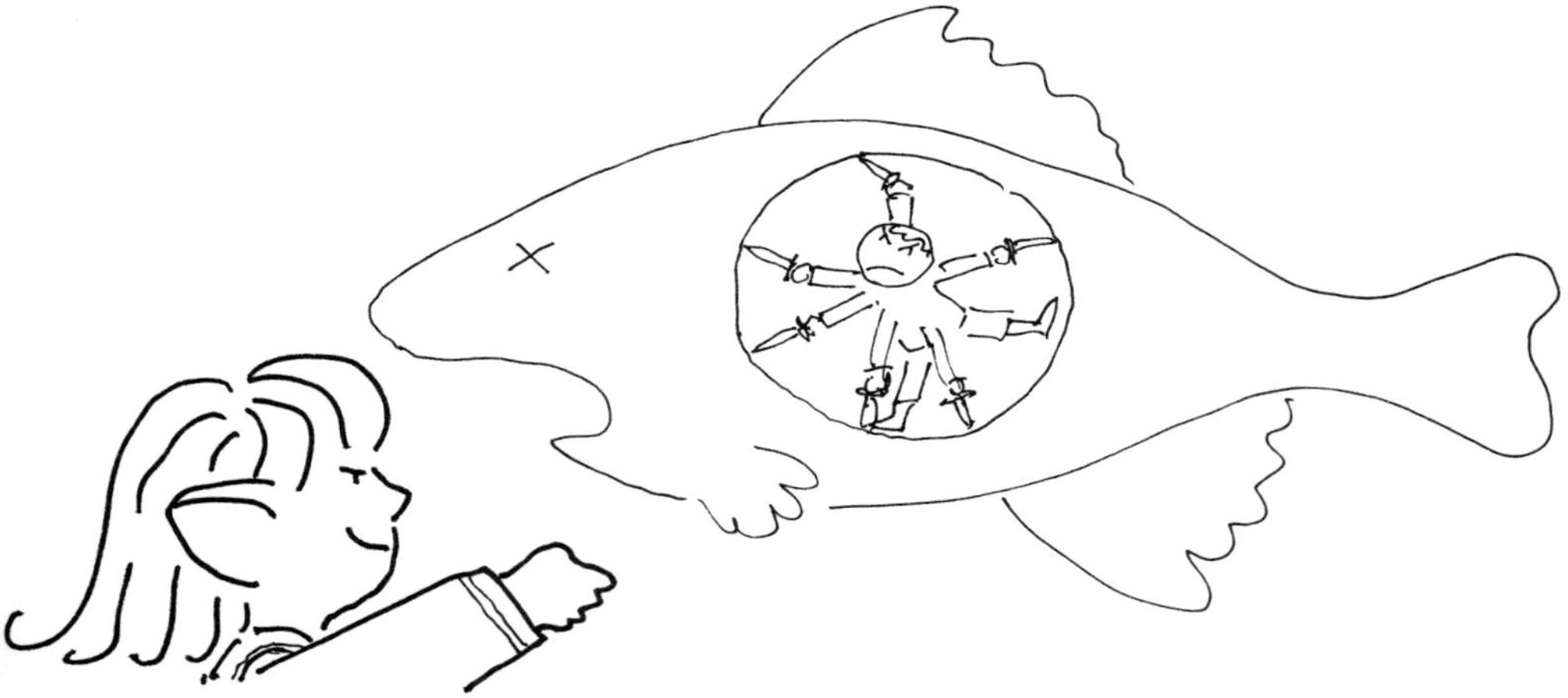

「で、水になげだされたセバスチャンは、たすかったのだろうか」

「セバスチャンは、トゲウオよりももっと大きなさかなにのみこまれる」

「まあ！　かわいそうなセバスチャン！」

「でも、持《も》っていた短剣《たんけん》で、さかなのおなかをつっつきまわったから、さかながセバスチャンをはきだす」

「よかった、よかった、セバスチャン！」

「なんとかたすかったが、カヌーが流《なが》れてしまった」

「カヌーは、セバスチャンのおじいさんがだいじにしていたカヌーだった」

「おじいさんはかんかんにおこった」

「おじいさんがおこったのは、わがままなお姫《ひめ》さまのいうことなんか聞いてはいけないと、さんざん忠《ちゅう》告《こく》していたから」

「忠告《ちゅうこく》されていたのに、もう、セバスチャンたら」

しゃべりつづけて気がつけば、もうガラスびんの家の前です。

「あ」

「あ」

ポットさんとトマトさん、それにスキッパーが、家の前でなにか話しています。

「おーい」

ポットさんが、手をふりました。

三人とわかれて、ふたごはまた川にそってのぼっていきました。

ギーコさんの作業小屋《さぎょうごや》をすぎると、草がぎっしりはえていますが、ゴムの長靴《ながぐつ》をはいてきたので、どんどん歩けます。

草をふみわけてすすんでいくと、両岸《りょうぎし》のようすが変《か》わってきました。斜面《しゃめん》になっていたり、木がじゃまをしていたり、岩があったりして、流《なが》れのなかを歩かなければならなくなりました。

ちょうど川はばが広くなって、水の深《ふか》さがそれほどではないので、すべらないように気をつけさえすれば、長靴《ながぐつ》で歩けます。小石や砂《すな》ならだいじょうぶですが、水のなかの岩はすべりやすいのです。

「あ！」

リビーが前を見て、顔をしかめました。

「あ！」

シュリーも、おなじ顔になりました。

流《なが》れが、そのすべりやすそうな岩でできた、ゆるやかな斜面《しゃめん》になっていたのです。階段《かいだん》のようにちいさな滝《たき》になっているところもいくつかあります。立って歩けるようには思えません。

「どうする？　シュリー」

「手をついてすすむ？　リビー」

「つめたそう。できれば手はつきたくない」

「うん。つめたそう」

まだ、春のはじめなのです。

「ロープがあれば、行けるかも」

「ロープを木の枝《えだ》とか、岸《きし》の岩とかにかける」

「それでからだをささえて、ひとりがすすむ」

「そのあとで、もうひとりがすすむ」

「ロープをはずす」

「つぎの枝《えだ》か岩にロープをかける」
「それで、行こう！」
「あした、もういちど、こよう！」
ふたりは顔を見あわせて、うなずきあいました。

つぎの日、ふたごはロープを持《も》って、川をのぼりました。ヨットに乗《の》るので、ロープならたくさんあるのです。

きのうひきかえした場《ば》所《しょ》にきて、ロープを枝《えだ》や岩に投《な》げかけ、すすんでいきました。

うまくいくように思えました。ところが、ロープをつぎの枝《えだ》にかけようとしたシュリーが、ロープを持《も》ったまま足をすべらせたのです。そのロープをひっぱってリビーがささえようとしたのですが、網《あみ》と虫かごも持《も》っていたものですから、ぎゃくにロープに引っぱられ、こちらも足をすべらせることに

なりました。

手とひざだけをぬらしたのは幸運《こううん》といえるでしょう。なかがぬれた長靴《ながぐつ》はふゆかいでしたが、全身《ぜんしん》ぬれねずみになっていたら、巻《ま》き貝《がい》の家に帰るまでに風邪《かぜ》をひいてしまうところでした。

暖炉《だんろ》の前で服《ふく》と長靴《ながぐつ》をかわかし、あたたかいジンジャーティーを飲《の》みながら、リビーとシュリーは考えました。

「もうひとり、いればよかった」

「ふたりなら、ひとりをささえられるはず」

「三人組なら安全《あんぜん》」

「調査員《ちょうさいん》をもうひとり、募集《ぼしゅう》しよう」

「もうひとりとなれば」

そこでふたりは、ひとさし指《ゆび》を立てて、声をそろえました。

「スキッパー」

4 スキッパーは調査隊《ちょうさたい》にさそわれる

スキッパーは、『北の海の灯台守《とうだいもり》』を持《も》っていった日にはなにもたのまれなかったので、そのつぎの日は、お見舞《みま》いに行かない日にしました。

昼食のあと、ウニマルのへさきに寝《ね》ころんで空を見あげ、トワイエさんの屋根裏部屋《やねうらべや》のあれこれを思い出していると、よく聞こえるスキッパーの耳に、ふたごの声が聞こえてきました。

「……きっと、きてくれる」

「そう、だって、スキッパーは調査《ちょうさ》とか、好《す》きだと思う」

調査《ちょうさ》といっています。二日前《ふつかまえ》にふたごがそんなことをいっていたのを、思い出しました。

やがてふたりの足音が近づいて、そうぞうしい声が聞こえました。

「スキッパー」

「スキッパー」

「調査《ちょうさ》、調査《ちょうさ》」

「調査《ちょうさ》に行こう」

ウニマルの広間のテーブルで、お茶を出し、スキッパーは話を聞きました。

ふたりはまず、肩《かた》にかけたちいさなかばんのなかから、箱《はこ》をとりだしました。箱《はこ》のなかには、やわらかい紙でつつんだものがはいっています。紙を広げると、ちいさなカヌーのようなものが出てきました。そして、どこで見つけたのか、虫眼鏡《むしめがね》で見るとどうだったのか説明《せつめい》しました。もちろんスキッパーは虫眼鏡《むしめがね》をとってきて、それをじっくり観察《かんさつ》しました。

おどろきました。ふたごのいうとおりです。そして、これはカヌーのようなもの、ではなく、カヌーそのものだと思いました。ふたごのいった本をとってきて、そのページを開《ひら》くと、まさにそのとおりの絵がのっていました。

それにしても、ほんとうによくできています。釘《くぎ》ものりも糸もつかわず、こんなに精巧《せいこう》な、すべすべしたものをつくったちいさなヒトは、どんな暮《く》らしをしているのでしょう。やはりすべすべした家をつくって住んでいるのでしょうか。着《き》ている服《ふく》はどんな形でどんな色でしょう。

「どう？　スキッパー」

「いっしょに行ってくれる？　スキッパー」

ふたごの声に、スキッパーは、はっとしました。カヌーをながめて、すっかり空想《くうそう》の世界《せかい》にはいっていたのです。

「あ、ああ、行く、行くよ」

スキッパーは、うんうんとうなずきました。ふたごも、うなずきました。

「そういうと思った」

「ことわるはずない、と思った」

「さそってくれて、ありがとう」

スキッパーはお礼《れい》をいいました。だれにも見つかっていないちいさなヒトがいるかもしれなくて、それを調査《ちょうさ》する。そういうことこそ、スキッパーのしたいことです。

——だからふたごは、「調査《ちょうさ》する」なんていって、川をのぼっていたのか。と、おととい のことを思い出しました。あのときふたりは網《あみ》と虫かごを持《も》っていました。

——あれは、なんのために持《も》っていたんだろう。

スキッパーは、いちおう聞いておこうと思いました。

「ね、そのちいさなヒトたちがいたとして、見つけて、どうするの？」

どうするといわれて、ふたごは、うっとつまりました。とにかく見つけるのはおもしろそう、ぐらいのことしか考えていなかったのです。

「ま、まず、見つけることが、目的《もくてき》」

「そ、そう、ちいさなヒトを見つける。大発見《だいはっけん》！」

それはスキッパーもわかります。

「たしかに。で、見つけたとして、どうするの？」

「う、うん……、なかよくなるといい、と思う」

「そうそう、ちいさなヒトと遊《あそ》ぶとたのしい、と思う」

「それに、わたしたちは大きいから、そのヒトたちのために、なにかしてあげられるかも」

いま思いついたようにリビーがいいました。すると、さらにそのことばで思いついたらしいシュリーもつづけました。

「ぎゃくに、そのヒトたちはちいさいから、わたしたちのために、なにかしてくれるかも」

なるほど、とスキッパーはうなずきました。

でもすぐに、まてよ、と思いました。たずねたかったことを、まだたずねていません。

「じゃあ、どうして、網《あみ》とか虫かごなんて持《も》っていたの？」

ふたごは、うっ、うっ、とつまりました。

「それは、その、もしも話が通じなくて、
いっしょにくるのがいやみたいだったら……」

「ほら、わたしたちとことばがちがったりして……」

「それに、もしかすると、わたしたちを、やっつけようとしてくるかも……」

「ええっと、その、とてもらんぼうだったりして……」

「そんなときは、網《あみ》で、つかまえるの？」

「だって、つかまえなければ……」

「そう、みんなに見てもらわなければ、信《しん》じてくれない」

「ちょっと、まって」

スキッパーは、考えこんでしまいました。

――こんなに精巧《せいこう》なカヌーをつくるようなちいさなヒトたちが暮《く》らしている。そこへ大きいヒトたちがとつぜんやってくる。大きいヒトたちとはなかよくしたくない、そっとしておいてほしい、とちいさなヒトたちが思ったとする……。それをむりにつかまえる……。

「網《あみ》とか、虫かごとか、ひどい、と思う」

スキッパーがぽつんというと、ふたごはすぐにいいかえしました。

「スキッパーだって、前に、フクロウをつかまえた」

「たしか、クラッカーとかみぶくろで、だましてつかまえた」

こんどはスキッパーが、うっとつまりました。たしかにそういうことがあったのです。

「あれは……、あのときは、フクロウの気持《きも》ちなんて、考えられなかったんだ。フクロウに気持《きも》ちがあるなんて思えなかった。フクロウをかわいがるってことで、頭がいっぱいで……」

「わたしたちだって……」

「そう、わたしたちだって、ちいさなヒトをかわいがりたい」

「ちょっと、まって……」

スキッパーは頭をかかえました。

——フクロウとちいさなヒトはおなじだろうか。それがチョウならどうだろう。チョウはつかまえて標本《ひょうほん》にするじゃないか。チョウはどうして標本《ひょうほん》にしてもいいいんだろう。

あれこれ考えて、わからなくなりました。でも、

——そのちいさなヒトたちにも家族《かぞく》とか、毎日のしたいこととか、あるんじゃないか。そのちいさなヒトたちは、かわいがってもらいたいだろうか。もし、かわいがってもらいたいとしても、網《あみ》と虫かごは失礼《しつれい》じゃないか。

そう思ったとき、こころが決《き》まりました。

——失礼《しつれい》な気がすることはしないでおこう。

そう思ったとたん、そのカヌーはだれのものだろう、と気づきました。

「もしも、網《あみ》とか虫かごとかを持《も》たないで、ちいさなヒトを見つけて、そのカヌーを返《かえ》しに行くだけっていうんだったら、ぼくも調査隊《ちょうさたい》にはいる」

スキッパーはそういって、ふたごを見ました。

ふたごは、目をまるくしてスキッパーを見ました。

「カヌーを、返《かえ》す……」

「カヌーを……」

スキッパーがいやにはっきり自分の考えをいったことにもおどろきました。でもそれ以上《いじょう》に、カヌーを返《かえ》すという考えにびっくりしたのです。

「もしも、ぼくたちがヨットを流《なが》して、ぼくたちより大きいヒトがそれをひろったとすれば……、大きいヒトたちにどうしてほしいかって、考えてみたら……」

と、スキッパーがつぶやくようにいいました。

「わ……！」

「わたしたちより、大きいヒト……！」

ふたごは顔を見あわせました。それから、スキッパーの提案《ていあん》に、しんみょうな顔でうなずきました。

5　スキッパーはふたごに感心《かんしん》する

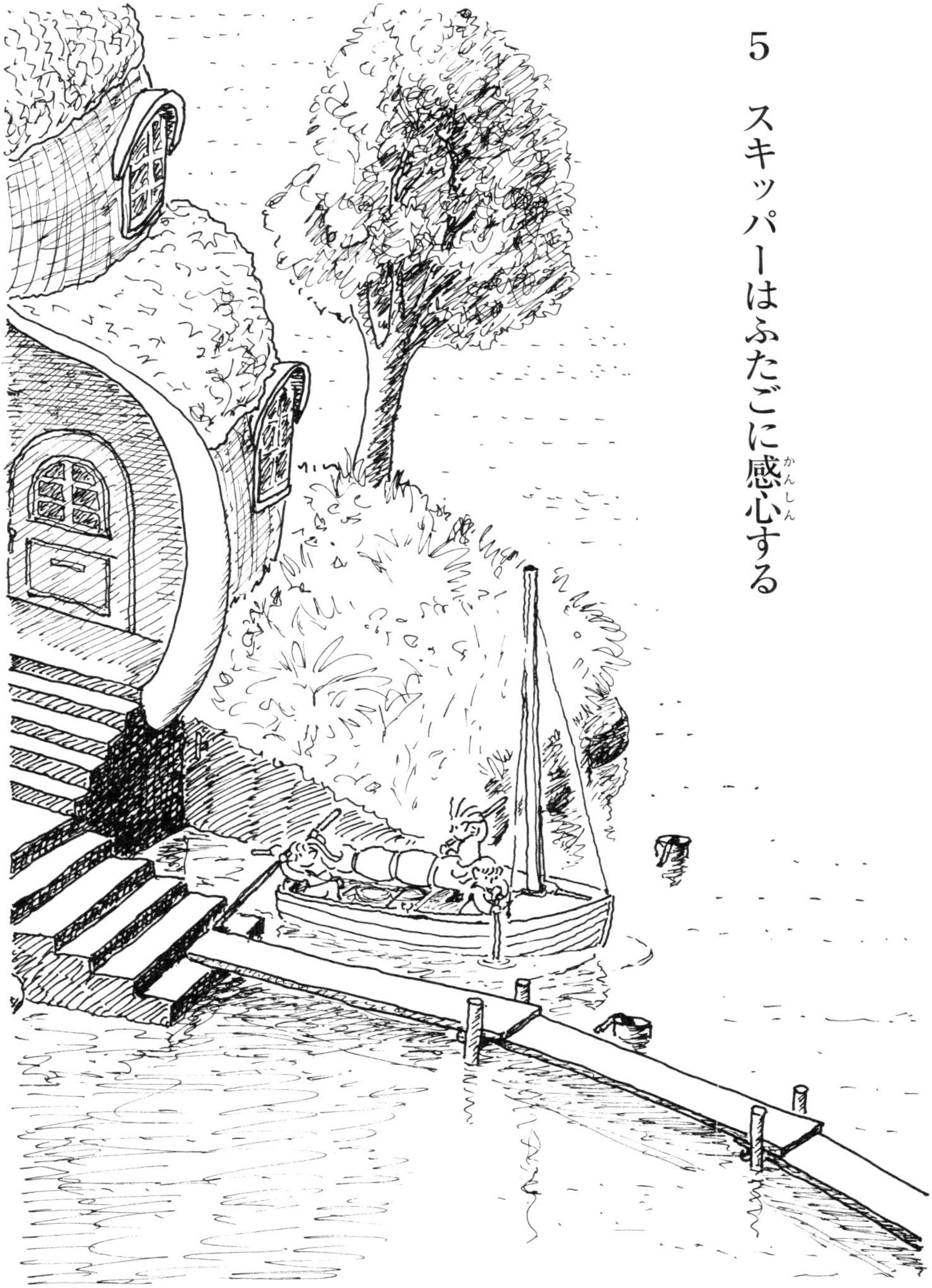

スキッパーも長靴《ながぐつ》をはき、三人は巻《ま》き貝《がい》の家からヨットに乗《の》りこみました。

リビーとシュリーはヨットを走らせながら、しゃべりつづけました。まず、どういうわけでふたりがそんな名前になったかを話しました。それからちいさいヒトの話になりました。

「なんとか、ちいさいヒトとなかよくなりたい」

「そう、家とか、見せてほしい」

「わたしたちとおなじことばを、しゃべってほしい」

「どういうふうにして、こんなカヌーをつくるのか、おしえてほしい」

ぼくもおしえてほしいな、とスキッパーは思いました。

「セバスチャンのおじいさんは、カヌーづくりの名人」

「セバスチャンは、おじいさんに、カヌーづくりをならっている」

そこでスキッパーは口をはさみました。

「ねえ、その、セバスチャンって、だれ？」

ふたごは、セバスチャンが、お姫《ひめ》さまのために風の強い日にトゲウオ漁《りょう》に出て水に落《お》ち、大きなさかなに飲《の》みこまれ、ようやく脱出《だっしゅつ》したけれどカヌーが流《なが》されてしまった、という話をしてくれました。

スキッパーは感心《かんしん》してしまいました。

「あのちいさなカヌーを見ただけで、よくそんな話をつくれるなあ」

あまりスキッパーが感心《かんしん》したので、気をよくしたふたごは、もっとくわしくセバスチャンのことについて話し

はじめました。

「きっと、セバスチャンはまゆが濃《こ》い」

「きっと、セバスチャンはきりっとした顔」

「セバスチャンは、走るのがとくい」

「セバスチャンは、歌がじょうず」

「セバスチャンの家は、まずしい」

「セバスチャンは楽器《がっき》をひく。竪琴《たてごと》みたいな楽器《がっき》」

「その楽器《がっき》も、おじいさんがつくった」

「おじいさんは、なんでもつくる」

「でも、かわりもの」

「そして、がんこ」

どうしてそんなことをつぎからつぎに思いつけるのか、スキッパーにはふしぎでした。

北の川が湖《みずうみ》に流《なが》れこむあたりにヨットをつけると、リビーはカヌーをいれたポシェットを、シュリーはロープを、それぞれ肩《かた》からななめにかけ、そこからは川岸《かわぎし》を歩きはじめました。

ここをあのちいさなカヌーが流《なが》れてきたのだと、スキッパーは、あらためて川を見ました。

――なにかべつのものが流《なが》れてくるかもしれない。

ふたごもそう思っているのか、三人はちらちら川を見ながら歩きました。けれどとくべつなものはなにも流《なが》れてきません。

何度《なんど》もふたごが歩いた道ですから、草がたおれて歩きやすくなっています。

「ねえ、カヌーは、ギーコさんの作業小屋《さぎょうごや》よりも上流《じょうりゅう》から流《なが》れてきたんだよね？」

もう知っていることですが、スキッパーはたずねました。わかっていることを、整理《せいり》しておきたかったのです。

「そう、だから、上流《じょうりゅう》にちいさなヒトの村があると思った」

「ちいさなヒトの国かもしれない」

「セバスチャンとおじいさんとお姫《ひめ》さま、三人ですんでいるのかも」

ふたごの話はすぐセバスチャンのほうへいってしまいます。

「ええっと、カヌーからわかることは、ほかにないかな」

スキッパーが、話をもどします。

「ちいさなヒトがこのカヌーに乗《の》るんだから、そこは、あまり強い風がふかないところのはず」

「それは、どうして？」

「だって、あんなに軽《かる》いんだもの、ちょっと風がふくと流《なが》される」

「それに、そこはきっと流《なが》れがゆるい。この川の流《なが》れなら、カヌーはむり」

「そう、川下にしか行けない」

「なるほどなあ」

空想《くうそう》のことを思いつくだけじゃないんだと、スキッパーは、また感心《かんしん》してしまいました。ふたごはヨットに乗《の》るので、そういうことがわかるのでしょう。

三人はやがてガラスびんの家の前をすぎ、ギーコさんの作業小屋《さぎょうごや》の前を通《とお》りました。

そのあとが草でおおわれた岸辺《きしべ》です。ふたごが通《とお》ってつけた草のなかの道を歩いていくと、岸《きし》を歩けないところに出ました。

ゆっくり水のなかにはいっていきます。長靴《ながぐつ》のゴムのそとを流《なが》れるつめたい水が靴《くつ》をおしてきます。浅《あさ》いところをえらんでゆっくり歩きました。

「ひ！」

先頭を歩いていたシュリーが、びくっと立ち止まりました。ヘビが川をよこぎったのです。冬眠《とうみん》からはやく目ざめてしまったのでしょう、かなり大きなヘビが、流《なが》されながらのろのろとおよいでいきました。

そのヘビを見た瞬間《しゅんかん》、スキッパーのこころに、疑問《ぎもん》がうかびました。めずらしく、思ったとたんに口にしていました。

「ちいさなヒトってほんとうにいるのかな」

こんなヘビがいるところで、ちいさなヒトが生きていけるのか、と思ったのです。いったあと、なにかいいかえされるかと思ったら、ふたごもスキッパーとおなじ気持《きも》ちになったらしく、うなずいてつづけました。

「ヘビだけじゃない。トビもタカもいる」

「モズもカラスもフクロウもいる」

「テンもイタチもキツネもいる」

そうです。ネズミやトカゲを食べる動物《どうぶつ》なら、ちいさなヒトもねらうでしょう。

「あんなカヌーで水の上にいるとき、そんな動物《どうぶつ》があらわれたら……」

「ひとたまりもない……」

ふたごの会話《かいわ》を聞きながら、スキッパーは、あのちいさなカヌー、もっとよく調《しら》べたほうがよかったな、ちいさなヒトのカヌーだと思いこんで、よろこびすぎたのじゃないかな、とくちびるをかみました。

「でも、いるかもしれない！」

「そう、いないかもしれないけど、いるかもしれない！」

とつぜん、ふたごがきっぱりといいました。

「いる！　と、わたしは思う」

「わたしも、いる！　と思う」

「だって、カヌーが流《なが》れてきた」

「そう、カヌーが証拠《しょうこ》」

「よし、行こう！」

「調査隊《ちょうさたい》、出発《しゅっぱつ》！」

このふたごの立《た》ち直《なお》りのはやさに、スキッパーは感心《かんしん》しました。感心《かんしん》してから、きょうはふたごによく感心《かんしん》するなあ、と思いました。

――でも、もしもちいさなヒトがいなくてもがっかりしないようにしよう。

スキッパーはこころのなかでつぶやきました。

6　川のうまれるところ

川底《かわぞこ》は砂《すな》や小石のところと、岩のところがあります。水が流《なが》れこむ岩のかげなどに深《ふか》くなっているところがあるので注意《ちゅうい》しなければなりません。深《ふか》みに足をつっこんで靴《くつ》のなかに水がはいらないよう、そしてすべらないように注意《ちゅうい》して、三人は流《なが》れのなかをすこしずつすすんでいきました。

「ほら、ここから」

「ここから、ロープをつかう」

ふたりの話のとおり、すべりやすそうな岩がゆるやかな階段《かいだん》になって、かさなっているところに出ました。

シュリーが輪《わ》になったロープをほどくと、ロープのさきにはY字型《がた》のじょうぶな枝《えだ》がむすびつけられていました。投《な》げるときにおもりになって、枝《えだ》などにからまりやすいのでしょう。

ロープを投《な》げるのはシュリーの役《やく》です。きのう、リビーよりもシュリーのほうがじょうずに投《な》げることがわかったからです。

しゃべりつづけるふたごも、シュリーがロープを投《な》げるときだけは、だまりました。すると水の流《なが》れの音と、遠くで鳴く鳥の声が、はっきりしました。ロープはいつも三人がにぎっているようにします。シュリーが投《な》げて枝《えだ》か岩にロープをひっかけ、そのロープをつたってじゅんに上流《じょうりゅう》にすすみます。三人が足場《あしば》を確保《かくほ》するとロープをはずし、おなじことをくりかえすのです。

スキッパーは、ゆっくり足を運《はこ》びながら、なるほどロープがなければここを歩くのはむずかしいなと思いました。たしかに足もとがすべります。

きのうふたごが足をすべらせたところには、かすかに岩にあとがついていました。でも、そこがいちばん歩きにくいところだったようです。そこを無《ぶ》事《じ》に通《とお》りすぎると、すぐにロープをつかわずにすすめる流《なが》れになりました。岸辺《きしべ》を歩けるところさえありました。

ちいさなヒトがいなくてもがっかりしないと、こころを決《き》めたせいでしょうか、スキッパーは、この川をさかのぼることが、たのしくなってきました。

川をさかのぼるということは、最後《さいご》まで行けば、川がうまれるところまで行くということです。川がうまれるところ、川のはじまるところ、そんなところをさがすのははじめてです。

——どんなふうにこの川はうまれているんだろう。最初《さいしょ》の一滴《いってき》の水ってどんなだろう。それがどういうふうに集《あつ》まってこの流《なが》れになっているんだろう。

そう考えると、わくわくしてきました。

そのとき、ふと、気がつきました。流《なが》れる水の量《りょう》が、ギーコさんの作業小屋《さぎょうごや》のあたりの川より、ずいぶんすくないのです。

——どうして水がすくないのかな。

と考えながら歩いていると、岩についたコケをつたって、ひとすじの水が川に流《なが》れこんでいるのが、目にとまりました。そういえば、ここまでにもあちこちで、ひとすじ、ふたすじの水が、岩と岩のあいだを、あるいはコケや草をつたったり、砂《すな》をぬらしたりしながら、川に流《なが》れこんでいました。

——こういう水が集《あつ》まって量《りょう》をふやしていくんだ。きっとそうだ。下流《かりゅう》に行くほど、すこしずつ、すこしずつ、水の量《りょう》がふえていくんだ。

スキッパーは、ひとりうなずきました。

ふだんめったにひとがこないのでしょう。岸辺《きしべ》から鳥がとつぜんおどろいたように飛《と》び立《た》ったときには、三人のほうがびっくりしました。

両岸《りょうぎし》の木がはりだしてトンネルのようになっていて、腰《こし》をかがめて流《なが》れのなかを歩くところもありました。

そこをくぐり抜《ぬ》けたあとのことです。

ふたごのおしゃべりのあいまに、スキッパーは、聞きなれない音を聞きました。

スキッパーは両手《りょうて》をあげて、ふたごにだまってもらいました。

「川の音がちがって聞こえない？」

ふたごはちょっと耳をすましてから、首をふりました。

「ちがって聞こえない」

「ぜんぜんちがって聞こえない」

けれど、それからすこし歩いたところで、ふたごはおしゃべりをきゅうにやめると、さきをあらそうようにいいました。

「川の音がかわった！」

「いま、ここから、川の音がかわった！」

ほらね、とスキッパーはうなずきました。

川の流《なが》れの音にまざっていたべつの音は、だんだん大きくなってきます。水の流《なが》れよりも、響《ひび》く音です。やがてその音は、流《なが》れの音よりも大きくなりました。

三人が大きな岩をまわりこんだところで、ふたごがそろって声をあげました。

「あ」

滝《たき》があったのです。

滝《たき》の高さはウニマルのはしごよりすこし高いぐらいです。水量《すいりょう》もそれほどではありません。けれど、ちいさな滝壺《たきつぼ》に落《お》ちこむ水の音は、あたりの空気をゆさぶってとどろき、三人のからだにじかに響《ひび》いてきます。

そこはかなり急《きゅう》な谷間《たにま》の底《そこ》でした。右も左もらくにはのぼれません。目の前には滝《たき》。つまり、袋小路《ふくろこうじ》のようなところに出てしまったのです。

三人は顔を見あわせました。

「どうする?」

スキッパーがふたごを見ました。

「滝《たき》をのぼろう」

シュリーがロープのさきをぐるぐるまわしていいました。

スキッパーは、ええ?と思いました。

「うーん」リビーがまゆをよせました。「きのう、手とひざがぬれただけでも……」

最後《さいご》まで聞かないうちに、シュリーはいいなおしました。

「山をのぼって、まわっていこう」

スキッパーはほっとしました。でも、斜面《しゃめん》は急《きゅう》です。思わずつぶやきました。

「のぼりにくそうだなあ」

シュリーが、ロープのさきをぐるぐるまわしました。

「そのために、これがある」

川のときとおなじように、シュリーがロープを木の幹《みき》や枝《えだ》にかけ、ひとりずつロープをたぐってのぼっていきます。ロープは、山の斜面《しゃめん》をのぼるのにも役立《やくだ》ちました。足もとには落《お》ち葉《ば》がたまっていたり、ちょろちょろと水が流《なが》れていたりして、とてもすべりやすく、ロープがなければのぼれなかったでしょう。

ようやく滝《たき》の上までやってきた三人は、思わず声をあげました。

「わあ！」
「へえ！」
「こんな……！」

目の前に明るくひろがっていたのは、いままでとはまったくちがう景色《けしき》でした。

そこには池《いけ》がありました。水底《みずそこ》は白い砂地《すなじ》で、長靴《ながぐつ》ではいっていけるような浅《あさ》い池《いけ》です。あちらこちらに緑《みどり》の藻《も》がかたまりをつくっています。草や木がはえたちいさな島《しま》がところどころにあって、池《いけ》のまわりはすぐに山がはじまっています。巨大《きょだい》なすり鉢《ばち》の底《そこ》の池《いけ》です。もっとも滝《たき》のところだけ、すり鉢《ばち》は欠《か》けていて、そこから滝《たき》が流《なが》れ落《お》ちています。そういえば、さっきとどろいていた滝《たき》の音は、うそのようにちいさくなっています。

池《いけ》の水はすみきっていて、むこうの山や木や草の島《しま》を、くっきりと水面《すいめん》にうつしこんでいました。

「きれい！」

「すてき！　すてき！」

ふたごの声にスキッパーもうなずきました。

「ほんとに、きれいだ」

三人は、その池《いけ》のまわりを歩いてみました。岸《きし》を歩きにくいところは、池《いけ》のなかを歩きました。池《いけ》のなかには、いくつも砂《すな》つぶがおどっているところがありました。そのまわりに砂《すな》の輪《わ》ができているところもあります。水が湧《わ》きあがっているのです。

池《いけ》のまわりは、十分《じっぷん》ほどで一周《いっしゅう》できました。

「ここには、どこからも、川が流《なが》れこんでいない」と、スキッパーがにこにこしながらいいました。「そして、あちこちで、水が湧《わ》き出《だ》している」

「だから……?」

「だから、なんなの……?」

なぜスキッパーがうれしそうな顔をしているのか、ふたごにはわかりません。

「ここより上流《じょうりゅう》がない。つまり、ここが、川の源流《げんりゅう》、水源《すいげん》なんだ。ここで川がうまれている。ぼくたちは、川のはじまりを見つけたんだよ！」

——まわりの山に降《ふ》った雨や雪を山がたくわえ、地中《ちちゅう》にしみこませ、ここでそれを湧《わ》きあがらせて池《いけ》をつくっている。それが川になっている。すごいな、ぼくたちは、とうとう川のはじまりまでやってきたんだ。

スキッパーが感動《かんどう》していると、ふたごはべつのことで興奮《こうふん》していました。

「ということは……！　リビー！」

「ということは……！　シュリー！」

「ちいさなヒトは、このあたりに、いるはず」

シュリーがそういうと、リビーがすこしまゆをよせ、つけくわえました。

「ううん……。もしかしてわたしたちが見落《みお》としていたら、このあたりまでに、いたかもしれない」

——ああ、そうだった。

スキッパーは、源流《げんりゅう》の発見《はっけん》に夢中《むちゅう》になって、ちいさなヒトのことを、すっかりわすれていたのです。頭をきりかえて、証拠《しょうこ》のカヌーのことを思い出してみました。

「ええっと、もしもちいさなヒトがいるとすれば、このあたりにいる可能性《かのうせい》が高いんじゃないかなあ」

と、スキッパーがいうと、リビーは首をかしげました。

「カヌーを見つけたのは、ギーコさんの作業小屋《さぎょうごや》の前だから、そこからここまでのどこか、ということになるはず」

スキッパーは、うなずきました。

「そりゃそうだけど、いままで見てきた場所《ばしょ》のなかでは、ここがいちばん条件《じょうけん》にあうと思うよ」

「条件《じょうけん》って?」

ふたごは声をそろえました。

「流《なが》れがはやくなくて、風が強くない場所《ばしょ》」

7

森のなか……

スキッパーがそういうと、ふたごは口をあけました。自分たちで推理《すいり》していたのに、わすれていたのです。

水が湧《わ》き出《で》るところと滝《たき》になって落《お》ちるところだけに、水の動《うご》きと波《なみ》があります。そのほかのところは、ほとんど流《なが》れがありません。風はかすかにふいてはいますが、なんといってもすり鉢《ばち》の底《そこ》です。いまは、さざ波《なみ》をおこすほどの風さえふいていません。だからむこうの風景《ふうけい》が水面《すいめん》にくっきりうつるのです。

「ここだ！」

シュリーがいいました。

「まちがいない！」リビーがつづけました。「ここで、ちいさなヒトが、あのカヌーに乗《の》っていたんだ」

スキッパーは、そのようすを想像《そうぞう》して、透明《とうめい》な水に目を落《お》としました。ふたごも想像《そうぞう》したのでしょう、水に目をやりました。そして三人は、同時《どうじ》に声をあげました。

「あ！」

　そして顔を見あわせました。水のなか、緑《みどり》の藻《も》のかたまりのなかから、ちいさなさかなが、白い砂地《すなじ》の上についっと出て、おなじ速《はや》さでまた藻《も》のなかに、はいっていったのです。

「トゲウオだ！」

　スキッパーがいいました。

「お姫《ひめ》さまが、とってきてほしいっていった、トゲウオだ！」

「セバスチャンが、カヌーを流《なが》すきっかけになった、トゲウオだ！」

　とつぜん、ふたごがさけびはじめました。

「ちいさなヒトたち、出てきてちょうだい！」

「わたしたちは、カヌーをひろいました！」

「それを持《も》ってきました！」

「だから、出てきて、姿《すがた》を見せてちょうだい！」

すり鉢型《ばちがた》の谷間ですから、声はわあんと響《ひび》きました。

ほんとうのところ、ちいさなヒトたちはいないのではないかと、スキッパーは思いかけていました。けれどいまのふたごのことばを聞いて、もしもちいさなヒトがいたら、いきなり「姿《すがた》を見せてちょうだい」なんて呼《よ》びかけるのは失礼《しつれい》なんじゃないかと、思いました。ちいさなヒトには、どこのだれがそういっているのか、わからないのですから。

スキッパーは、失礼《しつれい》にならないようにしようと思いました。

そこで、あたりにむかって、いいました。

「ええっと、ぼくは、ここよりずっと下の森に住んでいる、スキッパーです」

なにをいいだしたのだろうと、ふたごは、きょとんとしました。けれど、

すぐにわかりました。ふたごもつづけました。

「わたしは、この川が流《なが》れこむ湖《みずうみ》の、島《しま》に住んでいるシュリーです」

「わたしも、おなじ島《しま》に住んでいる、リビーです」

返事《へんじ》がないかと、三人は、しばらく耳をすましました。

あたりはしずまりかえっています。遠くに滝《たき》の落《お》ちる音が聞こえるだけです。

「舟《ふね》を持《も》っているちいさなヒトだから、水の近くに家があるはず」

シュリーがちいさな声でいいました。

「お城《しろ》かもしれない」

リビーもちいさな声で、つけくわえました。

「鳥やけものにおそわれないように、地面《じめん》や石の下とか、木のなかとかに住んでいるかもしれないね」

スキッパーもちいさな声でいいました。

「舟《ふね》を持《も》っているから、港《みなと》とかあるかも」

とリビーがささやくと、シュリーがつけくわえました。

「ちいさな桟橋《さんばし》があるかも」

「じゃあ、そのつもりで、池《いけ》のまわりを調査《ちょうさ》しよう」

スキッパーがいうと、ふたごが小声でそろえました。

「調査《ちょうさ》、調査《ちょうさ》……」

「失礼《しつれい》にならないように、そっと調査《ちょうさ》しよう」

「そっと調査《ちょうさ》、そっと調査《ちょうさ》……」

三人はさっき歩いた池《いけ》のまわりを、逆《ぎゃく》まわりに、ゆっくり歩きはじめました。

ちいさなヒトの姿《すがた》が見えないか、家とかお城《しろ》とか、なにかにかくされた入《い》り口《ぐち》とか、手がかりになるものが見つからないかと、あちこちに目をはしらせました。

さっきの倍以上《ばいいじょう》の時間をかけて一周《いっしゅう》しましたが、なんの手がかりも見つかりません。

「見つからない」

「なんにも見つからない」

失礼《しつれい》にならない調査《ちょうさ》にあきたふたごは、大声調査《おおごえちょうさ》にきりかえました。

「わたしたちは、カヌーをひろって、わざわざ持《も》ってきたのですよぉ！」

「たいせつなカヌーでしょう？」

「あなたたちと、なかよくなれればいいなあと、思っているのですよぉ！」

「つかまえようなんて、思っていないのですよぉ！」

「トゲウオをとってきてほしいなんていった、わがままなお姫《ひめ》さま、出てきてください！」

「風の強い日にトゲウオ漁《りょう》に出た勇敢《ゆうかん》なセバスチャン、出てきてください！」

ふたごがそんなことまでいいだしたので、スキッパーはあわててつけくわ

えました。

「いまのは、カヌーを見て、このふたりが想像《そうぞう》したお話に出てくるヒトです」

「カヌーが流《なが》されておこったセバスチャンのおじいさん、出てきてくださ

い！」

「カヌーがもどったから、もうセバスチャンをしからないでください！」

「それも、このふたりがつくったお話です」

三人がだまると、池《いけ》はしずかです。

――これだけ呼《よ》んでも出てこないのは、ちいさなヒトなんていないか、いるけれど出てきたくないか、どちらかだな。

ると、思ったそのあと、スキッパーは「あ」と声をあげました。

「なに？」

ふたごが、スキッパーを見ました。

「いや、ぼくたち、池《いけ》のまわりは調《しら》べたけれど、池《いけ》のなかの島《しま》は調《しら》べていな

いね」

「ほんとだ」

「島《しま》を調《しら》べよう」

三人は、池《いけ》のなかにはいっていきました。

池《いけ》のなかに、島《しま》はいくつもあります。たいていの島《しま》には細《ほそ》い葉《は》の草がはえていました。そしていくつかの島《しま》には木もあります。背《せ》の高い木もあれば、低《ひく》い木もあります。

それは草の島《しま》でした。まず近くの島《しま》から調《しら》べることにしました。島《しま》の草をかきわけて調《しら》べてみました。

「地面《じめん》がしめっている」

と、シュリーがいいました。

「こんなところには、住めないと思う」

リビーが首をふりました。

「じゃあ、木のある島《しま》を調《しら》べてみよう」

スキッパーがいって、三人は池《いけ》のなかほどの、いちばん大きな木のある島《しま》まで水のなかを歩きました。

その島《しま》の木は、あまり見ない木でした。まわりの島《しま》にある木とはちがう種《しゅ》類《るい》のようです。葉《は》が落《お》ちる木らしく、いまは春のはじめの若《わか》い葉《は》がついています。

「木のみきにうろがあって、家になっているかもしれない」

「キツツキみたいに」

「リスみたいに」

「フクロウみたいに」

いいあっていたふたごは、スキッパーがぽかんと口をあけて立ち止まったのに気づきました。

「どうしたの？」

「ちいさなヒトがいたの？」

スキッパーは口をあけたまま、そうじゃないと、首をふりました。

「なに？」

「なにが見えるの？」

スキッパーはこたえました。

「カヌーが……」

「カヌーが……？」

ふたごがくりかえして、スキッパーがながめているほうを見ました。

うすみどりの若《わか》い葉《は》にかくれて、あちこちに、去年《きょねん》の実《み》でしょうか、うす茶色のものが見えます。

その実《み》をよく見て、ふたごもぽかんと口をあけました。

三人は、島《しま》にあがって、もっと近くで木《き》の実《み》を見つめました。

「カヌーだ……」

「カヌーだ……」

ふたごがつぶやきました。

「じゃなくて、木《き》の実《み》だ……」

スキッパーがいいました。

これがカヌーなら、ヒトが乗《の》るはずのところに、茶色のかたまりがはいっています。そのかたまりから出たしなやかな茎《くき》が二本にわかれて、それぞれの茎《くき》のさきにさらに茶色の実《み》がついているのです。かたまりが抜《ぬ》け落《お》ちたものもいくつもあります。それはまさにカヌーの形をしていました。その木には、たくさんのカヌーがなっているように見えます。足もとにも、カヌーの実《み》がいくつも落《お》ちていました。

「ええ……?」

「ええ……?」

ふたごが力の抜《ぬ》けた声をあげました。

「でも、櫂《かい》のあとは……?」

「そう、櫂《かい》のあとは……?」

そのふたごの声を待《ま》っていたように、かすかな風がふきました。実《み》がついたしなやかな茎《くき》は、わずかな風にもゆれて、カヌーなら櫂《かい》のあたるところにこすれました。スキッパーは、足もとの実《み》をひとつひろいあげて、じっと見つめました。やはりおなじところに、こすれたあとがついています。

ふたごは肩《かた》をおとして、顔を見あわせました。

「これって……、自然《しぜん》にできたもの……?」

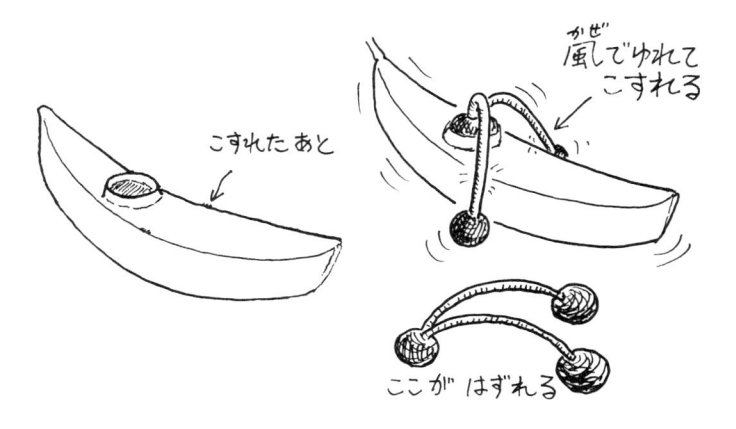

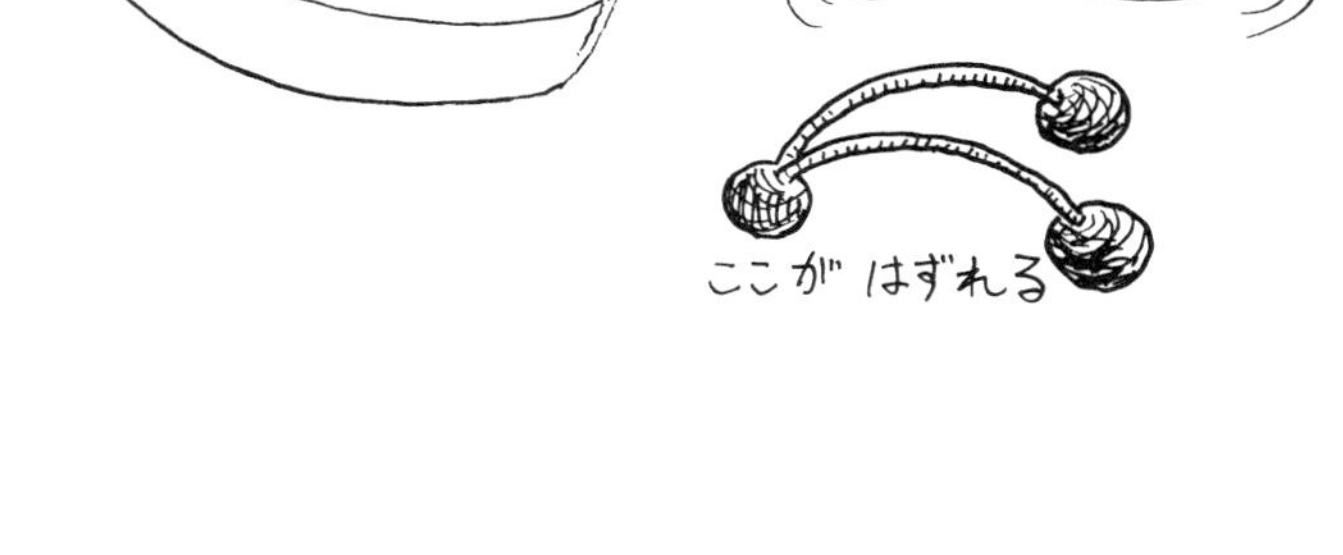

「これって……、自然《しぜん》がつくったもの！」

「なあんだ」

「なあんだ」

スキッパーは、なあんだ、というよりも、ふしぎな気分でした。

山にかこまれた池《いけ》。そのなかほどの島《しま》の木。その木の若葉《わかば》とカヌーの形の実《み》が、かすかな風をとらえ、しずかにゆれています。

いったい、いつからこんな形の実《み》のなる木がそだっていたのでしょう。その種《たね》はどこからやってきたのでしょう。この川のうまれるところだって、いつからこんなにすてきな場所《ばしょ》だったのでしょう。それは全部《ぜんぶ》、スキッパーの知らない時間のなかでおこったことです。森のなかに、想像《そうぞう》もしなかった場所《ばしょ》があって、そこに、想像《そうぞう》もしなかったものが、こんなに完全《かんぜん》な形で、ずっと前からここにあったという、そのなにもかもがふしぎに思えました。

スキッパーは、胸《むね》いっぱいに、この場所《ばしょ》の空気をすいこみました。そして、ふたごに、こういいました。

「ぼくは、おもしろかった」

「え？」

と、ふたごはスキッパーを見ました。

スキッパーは、池《いけ》をもういちど見まわして、にっこり笑《わら》いました。

「こんなにきれいな川のうまれるところを見つけたし、こんなにふしぎな木も見つけた。だから、ぼくはおもしろかった」

ひろった木《き》の実《み》を胸《むね》のポケットにしまいこみながらスキッパーがいうと、ふたごはちょっと顔を見あわせたあと、きゅうに胸《むね》をはりました。

「わたしだって、おもしろかった！」

「わたしもずっと、おもしろかった！」

この立《た》ち直《なお》りかたはすごい、とスキッパーは、また感心《かんしん》しました。

帰っていく三人のうしろで、ちいさな声がするのを、スキッパーは聞いたような気がしました。

（でも、どうして、その木の実《み》をカヌーにしているって思わなかったのかしらね。

セバスチャン）

（そうですね、お姫《ひめ》さま）

ふりかえっても、なにも見えませんでした。

むこうの山をくっきりとうつしこんだ池《いけ》が見えるばかりです。

――ちいさなヒトはいないかもしれないけれど、いるかもしれない。

と、スキッパーはこころのなかでつぶやきました。

だって、森のなかなのです。どんなふしぎもおこらないとはかぎりません。

――いつか、きっとまた、ここに、こよう。

スキッパーは、胸《むね》のポケットの上から木《き》の実《み》のカヌーを、そっとさわりました。

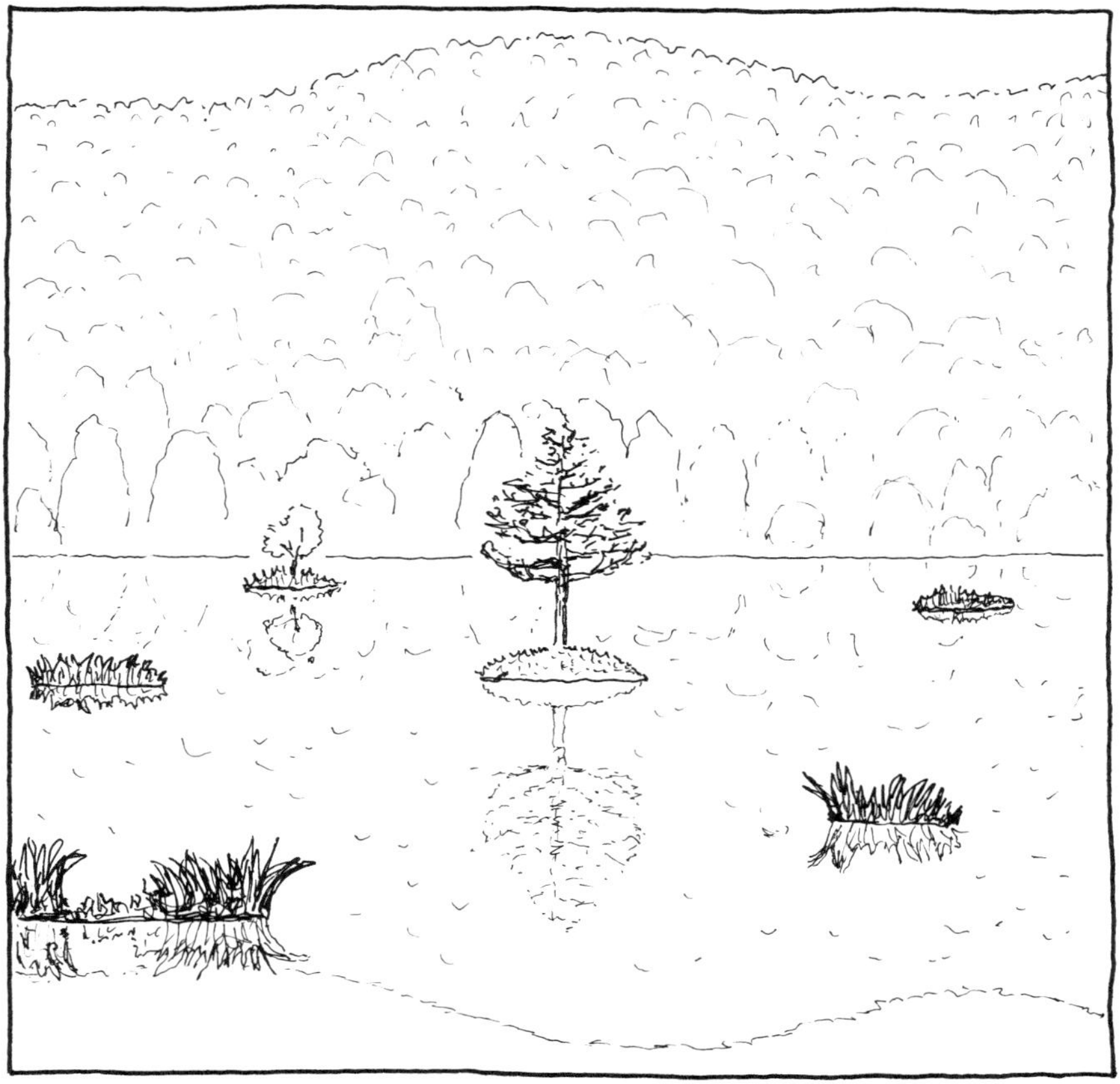

岡田 淳（おかだ・じゅん）
1947年兵庫県に生まれる。神戸大学教育学部美術科を卒業後、
38年間小学校の図工教師をつとめる。
1979年『ムンジャクンジュは毛虫じゃない』で作家デビュー。
その後、『放課後の時間割』（1981年日本児童文学者協会新人賞）
『雨やどりはすべり台の下で』（1984年産経児童出版文化賞）
『学校ウサギをつかまえろ』（1987年日本児童文学者協会賞）
『扉のむこうの物語』（1988年赤い鳥文学賞）
『星モグラサンジの伝説』（1991年産経児童出版文化賞推薦）
『こそあどの森の物語』（１～３の３作品で1995年野間児童文芸賞、
1998年国際アンデルセン賞オナーリスト選定）
『願いのかなうまがり角』（2013年産経児童出版文化賞フジテレビ賞）
など数多くの受賞作を生みだしている。
他に『ようこそ、おまけの時間に』『二分間の冒険』『びりっかすの神さま』『選ばなかった冒険』『竜退治の騎士になる方法』『カメレオンのレオン』『魔女のシュークリーム』、絵本『ネコとクラリネットふき』『ヤマダさんの庭』、マンガ集『プロフェッサーＰの研究室』『人類やりなおし装置』、エッセイ集『図工準備室の窓から』などがある。

こそあどの森の物語⑪
水の精とふしぎなカヌー

作　者　岡田 淳
発行者　鈴木博喜
編集人　岸井美恵子
発行所　株式会社 理論社
〒101-0062　東京都千代田区神田駿河台2-5
電話　営業 03-6264-8890　編集 03-6264-8891
URL　https://www.rironsha.com

2013年10月初版
2025年 2月第6刷発行

装幀　はたこうしろう
編集　松田素子
本文組　アジュール
印刷・製本　中央精版印刷

©2013 Jun Okada, Printed in Japan
ISBN978-4-652-20027-8　NDC913　A5判　22cm　190p
落丁・乱丁本は送料小社負担にてお取り替え致します。
本書の無断複製（コピー、スキャン、デジタル化等）は著作権法の例外を除き禁じられています。
私的利用を目的とする場合でも、代行業者等の第三者に依頼してスキャンやデジタル化することは認められておりません。

岡田　淳の本

「こそあどの森の物語」
●野間児童文芸賞
●国際アンデルセン賞オナーリスト

〜どこにあるかわからない“こそあどの森”は、すてきなひとたちが住むふしぎな森〜

①ふしぎな木の実の料理法《りょうりほう》
スキッパーのもとに届いた固い固い“ポアポア”の実。その料理法は…。

②まよなかの魔女《まじょ》の秘密《ひみつ》
あらしのよく朝、スキッパーは森のおくで珍種のフクロウをつかまえました。

③森のなかの海賊船《かいぞくせん》
むかし、こそあどの森に海賊がいた？　かくされた宝の見つけかたは…。

④ユメミザクラの木の下で
スキッパーが森で会った友だちが、あそぶうちにいなくなってしまいました。

⑤ミュージカルスパイス
伝説の草カタカズラ。それをのんだ人はみな陽気に歌いはじめるのです…。

⑥はじまりの樹《き》の神話《しんわ》　●うつのみやこども賞
ふしぎなキツネに導かれ少女を助けたスキッパー。森に太古の時間がきます…。

⑦だれかののぞむもの
こそあどの人たちに、バーバさんから「フー」についての手紙が届きました。

⑧ぬまばあさんのうた
湖の対岸のなぞの光。確かめに行ったスキッパーとふたごが見つけたものは？

⑨あかりの木の魔法《まほう》
こそあどの湖に恐竜を探しにやって来た学者のイツカ。相棒はカワウソ…？

⑩霧《きり》の森となぞの声
ふしぎな歌声に導かれ森の奥へ。声にひきこまれ穴に落ちたスキッパー…。

⑪水の精《せい》とふしぎなカヌー
るすの部屋にだれかいる…？　川を流れて来た小さなカヌーの持ち主は…？

⑫水の森の秘密《ひみつ》
森じゅうが水びたしに…原因を調べに行ったスキッパーたちが会ったのは…？

Another Story

こそあどの森のおとなたちが子どもだったころ　●産経児童出版文化賞大賞
ポットさんたちが、子どものころの写真を見せながら語る、とっておきの話。

Other Stories

こそあどの森のないしょの時間
こそあどの森のひみつの場所
森のひとが胸の中に秘めている大切なできごと……それぞれのないしょの物語。

扉《とびら》のむこうの物語　●赤い鳥文学賞
学校の倉庫から行也が迷いこんだ世界は、空間も時間もねじれていました…。

星モグラ　サンジの伝説《でんせつ》　●産経児童出版文化賞推薦
人間のことばをしゃべるモグラが語る、空をとび水にもぐる英雄サンジの物語。